De padres y de sangre

Dedicado a mi mentor y amigo, Richard Spisitegui.

CW00418929

Final y tragedia

El sabor de la victoria está vez le fue amargo, a pesar que ésta era el culmen de su exitosa campaña. Había derrotado categóricamente a su último y más respetado enemigo. Ya no habrá sangre y polvo en su rostro, ni austeras palabras para las viudas. Razud Menekaner, Señor único de los Menekitas ,había vencido, y en el furor de su proclamación, entre vítores y lanzas danzantes, mientras la sangre vertida aún estaba tibia; Taiom Gullath ,su general fundamental, con lágrimas en los ojos y ni un atisbo de euforia, le susurraba al oído que el príncipe había caído. El adolescente y único hijo del soberano fue atravesado por la espada del mismísimo comandante Draznatabor ,líder de los últimos Runitas. Cuando este imponente enemigo, derrotado, rendido y en genuflexión, hacía la entrega de su arma emblema al joven representante del triunfo; pudo divisar un flanco permeable en la armadura del muchacho y ,a sabiendas del parentesco de este, con un diestro y certero movimiento vendió carísima su claudicación. Acto seguido el cruel comandante intentó terminar con su propia vida, de manera honorable, pero la ceremonia para hacerlo ralentizó su pericia y fue reducido velozmente por la guardia real. Nadie osaría obrar sobre el destino de este gran enemigo, reducido ahora a villano, sin la aprobación del mayor damnificado, hoy vencedor y vencido, hombre al cual acaban de amputar la paternidad. En consecuencia, el comandante Draznatabor permanecería ileso hasta ser puesto a disposición de Razud Menekaner.

El gran Monarca, siempre había sido un líder ejemplar, y no por capricho de la existencia alzó un vasto imperio que hoy alcanzaba su punto más álgido. Era un hombre mesurado pero a la vez, de veloz decisión, con la voluntad y tenacidad de una bestia estúpida muriendo por inanición. Fue soldado en todos los rangos, a golpe de espada e intelecto, y de manera profética, fue abducido por su destino hasta el trono que hoy ostenta, un status sin nombre situado un peldaño por debajo de Dios.

El gran Señor, ante tal devastadora noticia, intentó sin éxito asimilarla con entereza, porque era su obligación, la que se debía a todas las almas a su cargo, anteponiéndola a su propia persona. Pero en ese momento, el estruendo y su onda expansiva desbarataron todo su consciente y equilibrio. Un remolino de pensamientos contradictorios inundó su mente, y entre llantos mezclados con alaridos de dolor y palabras inentendibles, escupió una orden diáfana como certera:_ Traed ante mí a quien empuñó el arma de esta calamidad!...

En un panorama general de ubicación, el príncipe cae abatido por la impiadosa espada del líder enemigo, en el epicentro de la batalla y del mundo conocido, a la vez. A su alrededor, por detrás, la guardia real y el hesitado ejército vencedor, mezclado con los restos sin almas de lo que fueron enemigos, soldados, complejas y perfectas obras de la creación; por delante, el imprevisto comandante Draznatabor, apenas reducido, y unos pasos detrás de este, una docena de sus últimos sobrevivientes subordinados, excitados por el desenlace dramático protagonizado por su incuestionable líder. Toda ésta bélica puesta en escena es cobijada por un prado verde teñido de infinitas tonalidades de rojo, en el centro del último valle que precede la última y más pequeña montaña antes del diabólico desierto, y después de este, nada es cierto, solo mitología con referencias a civilizaciones paganas, el fin del mundo, el infierno, el intolerante mar, e innumerables conjeturas servidas por la mente humana. En retroceso al fatal suceso, a unos pocos kilómetros de lo que fue el fragor de la batalla, estaba el expectante asentamiento de retaguardia, compuesto por legiones de guerreros de diferentes credos y cultos, devenidos en obedientes soldados uniformados, conversos al régimen victorioso de Menekaner y sus Menenitas; e inmediata y legalmente detrás, se yergue el inconmensurable imperio, el actual mundo cartografiado, la humanidad entera como arrastrada por una marea atemporal que simultáneamente trae, lleva y deja los vestigios de lo que fue y será. Todo un propósito en aras de la quimera de un solo hombre mortal...

Draznatabor, paradójicamente, si bien es inmovilizado y maniatado, recibe un trato preferencial a diferencia de sus súbditos e incluso a los soldados afines al régimen también; ya que es transportado a lomos de su propio corcel cuando la gran mayoría iniciaría el retorno a sus expensas y con sus heridas a cuestas. La orden desde el asentamiento de mando había sido precisa, traerlo en las mismas condiciones físicas y mentales que poseía cuando cometió tan vil acto. La disposición fue escoltarlo por los tres mejores jinetes, posicionados en triángulo a su alrededor, dos por la retaguardia y uno conduciendo, a la montura de éste estaría enlazado el célebre prisionero. Y así se hizo.

Los generales a cargo de tal dirigencia estaban exhaustos, la extensísima guerra había ansiosamente finalizado al igual que la adrenalina en sus cuerpos; el horizonte les era ahora casi tangible y les obnubilaba sus cualidades marciales; será tal vez este el causante de no haber reparado en la cantidad de carros de combate que el mismo comandante Draznatabor había volcado en su vasta carrera militar usando su poderoso frisón como anclaje y contrapeso.

Duddum Draznatabor ya había intentado terminar con su propia vida honorablemente, pero unos lánguidos inoportunos se lo impidieron; ahora, maniatado por la espalda y enlazado por el cuello a la culata de la montura de su captor, se dirige hacia su destino. Se debe enfrentar a su peor enemigo, lo sabe y lo teme; y éste no es su formidable adversario, el Rey menenita, sino el espejo metafórico que éste pondría ante él. Allí se vería reflejado, no como el magnífico e inigualable militar que siempre quiso ser, y que tantas veces enamoró a la muerte con su bestial bravura para distraerla y escaparla, que enumeró victorias como desayunos, que nunca amó ni se dejó amar en propósito de fortalecerse, que cuando vencido venció, y tantos otros triunfos gallardos. No, no sería esta la imagen que reflejará el espejo. Los ojos de su vencedor no brillaran de orgullo ante un imponente rival, ni el corazón de éste lo amará y celará en secreto, ni su virtuosa mente lo admirará; solamente verá a un pésimo contrincante cuyo odio pudo más que su decencia, a un perdedor débil que no pudo soportar la derrota, a un demonio de tal vileza que dejó a un padre sin descendencia solo por capricho; entonces, consecuentemente, lo odiará y despreciara.

Todas estas conjeturas eran estalactitas cayendo sobre la mente del comandante. No se le daba bien reflexionar y la introspección, menos; más bien era astuto e impulsivo, con un olfato fiel a su buenaventura y un instinto tirano. A su entender, debería haber muerto unos instantes atrás por lo tanto toda esta escena estaba sobrando. Fue así que esperó a que la cuerda de caballo a caballo, entre él y su conductor en algún momento holgase; y en ese micro instante, se balanceo hacia delante y, con la destreza y precisión de quien tiene cercenada sus emociones, la hizo deslizar por debajo del fuste en cruz de su montura y dando dos giros, resultó ahora ser éste el anclaje y no su cuello. Con las piernas libres y un alarido escueto, ordenó a su fraternal corcel, que era una extensión de su propio cuerpo, la mil y una vez ensayada maniobra de vuelco. El leviatán equino, que superaba por tres la fuerza de su homólogo delante, no solo lo derribó noqueándolo contra un hostil suelo rocoso sino que también comenzó a arrastrarlo en dirección contraria y, debajo de éste, su jinete atrapado por una pierna, sumido en un dolor desgarrador, en una acción tan refleja como precisa, atinó a blandir su sable corvo y cortar la cuerda que tan desdichadamente lo había traicionado. De esta manera el intrépido comandante, ya más libre de movimientos, se aferró a su lugarteniente y amigo con sus fuertes piernas, con sus dientes se sujetó de la correa, y embistió furiosamente a los escoltas de la retaguardia. Literalmente brinco por encima de uno derribando a caballo y jinete. Casi nula fue la reacción del séquito de combatientes remendados, algún espabilado atinó a disparar una flecha bohemia que se perdió en sus ansias, otro socorrió a sus generales caídos, el resto simplemente transcurrió la acción como meros espectadores, obnubilados por una destreza que les superaba y no comprendían. Duddum Draznatabor, comandante y líder Runita, cabalgó atravesando la oportuna polvareda que había levantado, en dirección al desconocido e impiadoso desierto, dejando atrás una leyenda para narrar, sin la necesidad de matizarla ya que por sí misma bordeaba la incredulidad.

El general de mayor rango, el mismo que lideraba el triángulo de captura hasta que Draznatabor refutara su tesis de geometría, ya reincorporado pero balbuceando de dolor a causa de su pierna aplastada por su propio equino, ordenó a sus dos catetos subordinados que reunieran una brigada de rastreo equipada con provisiones; y, junto a ésta, se dirigiesen a recapturar a tal audaz fugitivo, con la consigna específica de no regresar ninguno, sin excepción, hasta cumplimentar la misión. Desde el momento que impartió esa orden, y como si los triángulos fueran su karma, supo que ninguno de los tres ángulos prosperaría...Duddum Draznatabor sería engullido por la vileza inclemente del desierto; los fieles y diestros soldados perecerían agónica y dignamente obstinados en su pesquisa; y él, al haber fracasado a tal sensible empresa, sería ejecutado por el régimen o si bien le permitirían suicidarse para conservar su honor. De las tres variables, reflexionó que la suya sería la más desdichada y que la del bárbaro comandante sería la más amable, en consecuencia no pudo repeler la envidia.

Dudumm Draznatabor

El comandante Draznatabor pertenece a la progenie Runita, sociedad nómada por excelencia, tan rudimentaria como efectiva para su desarrollo y supervivencia. No se sabe exactamente desde cuándo ni cómo se originó, pero según su propio calendario data desde hace unos dos mil años, de acuerdo a referencias culturales conservadas a través de ese tiempo (leyendas, artes, calendario, y fundamentalmente la longevidad de sus líderes con sus respectivas sucesiones). Estos clanes pululan los valles y los ríos asentándose de acuerdo a las temporadas de provecho, las cuales conocen a la perfección así como su geografía. Su población se mantiene a través del tiempo sin variar, mueren más o menos los mismos que nacen. Pese a habitar una zona de codicia para las tribus aledañas nunca han sido conquistados ni relacionados, su raza es pura. Debido esto a su formidable ejército concebido desde prácticamente el conocimiento de su existencia. Todos los hombres en condiciones de luchar forman parte de la legión de defensa y entrenan rigurosamente durante todo el tiempo de su vida destinado al servicio marcial, independientemente de sus labores y posiciones sociales. Su política no es solo defensiva sino que ocasionalmente atacan otras tribus que se encuentran a su paso; no dejan sobrevivientes, dando muertes preferenciales a los desvalidos de acuerdo a un estatuto de guerra; a la vez, se nutren de las posesiones y conocimientos de estas sociedades para ellos desconocidas. Teológicamente tienen la creencia de un ser superior masculino que transmite su dogma de manera subliminal a sus líderes, iluminándolos, y éstos lo predican y ejecutan modernizándolo respeto a las vivencias transcurridas. Antropológicamente, eran personas de estatura media alta, con una gran capacidad torácica de acuerdo a su estilo de vida aeróbico, con antebrazos y manos musculosamente desarrollados, de cabellos oscuros y tez blanca.

Draznatabor, en particular, era bastante más alto y robusto que la media, de cuello muy grueso y cabeza grande, quijada y frente cuadradas simétricas, con tupidas cejas y poco cabello frontal. Su rostro era la geografía de una montaña rocosa y seca. No llevaba barbas al igual que la mayoría de los afectados al ejército, pero en su lugar lucía un involuntario tono oscuro que impedía percibir la diferencia entre pelo y piel. Sus antebrazos, cada uno emulaba a tres árboles centenarios que les tocó crecer en el lugar apropiado para uno solo y así lo hicieron, empujando y entrelazándose ajustadamente hacia arriba. Todo su cuerpo coleccionaba cicatrices de todas las variedades. No era un gran orador; predicaba con su ejemplo, algo inalcanzable para el resto de los mortales de la tribu; estaba obsesionado con las artes bélicas, pero en todas sus posiciones jerárquicas nunca descuidó sus labores comunitarias. Se mantenía muy activo, cuando no entrenaba para combatir, que era su predilección, diseñaba y fabricaba armas, armaduras, monturas y todo tipo de indumentaria y equipamiento afín a la guerra. También cazaba, pescaba, recolectaba y en ocasiones sembraba. En varias oportunidades, los señores comunales le ofrecieron la fertilidad de sus hijas favoritas y en todos los casos fueron rechazadas, tanto así que estos optaron por desestimarlo definitivamente, y a la fecha no se le conoce mujer. Se rumoreaba que más de una vez se desahogó con algunas prisioneras de guerra antes de luego ejecutarlas. Asumió el liderato sin solicitarlo ni quererlo pero hizo buen uso de este. En tiempos de batallas continuas por la supervivencia de la comuna, los señores decidieron que la presencia de este excéntrico personaje se había tornado fundamental e indispensable y ante el deceso en combate de su predecesor, sencillamente lo coronaron. Para comprender la naturaleza del comportamiento cuasi robótico de esta extravagante figura, sine qua non conocer un hecho determinante que sucedió en su temprana edad. Resulta que cuando Duddum Draznatabor tenía 16 años, fue llamado por primera vez a combate; una feroz tribu invasora merodeaba territorios muy próximos al asentamiento Runita; lo que originó una inmediata expedición de exterminio, política habitual y única para esos casos. Fue así que el ejército Runita, previas y progresivas acciones de acecho, atacó las hordas invasoras en el momento más propicio, de acuerdo a la locación y factor sorpresa. El hoy comandante, en esa primera ocasión marchó como escudero de su padre, un respetado herrero con una trayectoria militar mesurada: de hecho aún conservaba, a sus cincuenta años de edad, su vida y todas sus extremidades intactas. En el fragor del combate, en situación favorable a los guerreros Runitas a pesar de la salvaje resistencia enemiga, Duddum, joven e inexperto pero extremadamente ágil y fuerte, arremete a golpes de maza a un trío de infantes, aplastando el cráneo de uno como incrustándolo dentro de su propio tórax; de revés, acierta otro mazazo en la nuez de Adán del segundo, que cuyo impulso en contra duplicó la potencia del impacto; y por última maniobra, en un giro obligado por el contrapeso de la maza y la esquiva del ataque con hacha por parte del tercero, asesta a éste, un golpe en su hombro izquierdo protegido por la armadura, que no es definitivo y provoca su huida. Cegado por la mezcla de testosterona y adrenalina, Draznatabor rompe filas, perdiendo la distancia de seguridad con su padre, para dar persecución y fin a su mal herida presa. Su padre se percata y puede más su preocupación filial que su disciplina marcial, de modo que decide seguirlo y ya son dos fuera de la piña. Duddum se separa unos veinte metros adentrándose en el frente enemigo, allí propina a su víctima un golpe con la maza, en el medio de la espalda, que la hace caer, e inmediatamente otro que le destroza la nuca. Pero tras de sí, ya no está su padre ni la línea amiga, sino un oportuno guerrero alzando un garrote de púas por encima de su cabeza. El joven primerizo es seducido por la sangre y sus sensaciones, atónito contempla su grotesca obra de muerte danzante. Su escena se detuvo en el tiempo, cayendo éste en un estado de desprevención bajo la amenaza de un garrote enemigo; no así su padre, que de un mandoble, literalmente partió en dos al incipiente adversario. Pero, desafortunadamente fuera de la formación de combate, la suerte está echada, y la fortuna quiso ese día que un instante después de esa proeza paternal, una lanza atrevida se incara por la entrepierna del aguerrido padre, atravesando desde la esfínteres anal y el escroto hasta anclarse en el hueso, y así catapultar todo el peso de su cuerpo por el aire; el dolor inimaginable se fusionó con el horror de su rostro. Cuando su humanidad se reencontró con el amable suelo, la lanza como su ejecutor continuaron su faena, indiferentemente de la mirada impertérrita del ileso Duddum Draznatabor.

El desierto

Los Runitas conocían bien la presencia del desierto y sus historias de desdicha. Era un vecino hostil cada temporada que se asentaban en la zona. Acostumbrados a nutrirse de las riquezas que provee la naturaleza, entendían ese lugar como todo lo opuesto a la vida y la prosperidad. Los más supersticiosos creían que era la versión maléfica de un paisaje, creado por Dios con un fin determinado, asociado al castigo y su ejemplificación, el infierno mismo o lo que es peor, su antesala ,y las pocas especies que lo habitaban eran demonios infelices portadores de mal augurio. Toda la sociedad guardaba recogimiento cuando éste se enfurecía, levantando las arenas hasta el cielo y así cegando al mismísimo sol, un baile depravado de densas ráfagas de viento y lúgubres estruendos, una gigantesca lengua de fuego sin flama retorciéndose y engullendo el aire y la vida. ¿Qué había más allá del desierto? Nada que se deba saber; puede que el infierno, que debe ser aún peor; puede que el fin de las cosas, el vacío frío y oscuro; tan nefasta alegoría no invitaba a la reflexión de seres tan pragmáticos como los Runitas.

No así, el díscolo Duddum Draznatabor de su juventud halló en el desierto un paradero de luto y reflexión donde, con extremada precaución y respeto, de a poco fue incursionando, como quien intenta acariciar un tigre. Con el tiempo y los retornos a estas tierras, el joven no dejaba de visitar a su antipático amigo, adentrándose en éste cada vez un poco más y más. Le gustaba galopar fugaz y perderse dentro de su propia polvareda, ensayaba íntimas maniobras de combate con las cuales sorprendía a sus pares en plena batalla. Algún viejo idólatra comentó alguna vez con miedo y admiración, que el comandante, cuando joven y debilitado por el luto, fue seducido y poseído por el vil desierto; de esta manera, el alma curiosa de este demonio podía inmiscuirse entre los humanos, compartiendo sus vivencias terrenales. De esta nefasta influencia provendría la tenacidad y fuerza del implacable líder.

El regreso

La brigada de búsqueda y captura nunca regresó, fue devorada por el desierto, como las otras tres inmediatas que Razud Menekaner reclutó personalmente y envió. Solamente un capitán regresó; había desistido de tal pesquisa en el momento que descubrió a algunos de sus camaradas diseminados por la árida llanura, disecados por la alquimia entre sol y arena, algunos a medio devorar, sabrá el eterno, por que tipos de alimañas, otros acertadamente suicidados, y todos con esa expresión de desasosiego y muerte en sus rostros. Este capitán, a su retorno, fue destituido, dado de baja del ejército y etiquetado como cobarde vitalicio; pero al menos pudo conservar su vida para continuar narrando el horror de su experiencia. A lo largo del tiempo el gran Señor continuó esporádicamente enviando al desierto expediciones más sofisticadas, de ida y regreso; pero hasta la fecha ninguna prosperó, ya que no encontraron al perfecto enemigo, ni vivo ni muerto, y tampoco otros hallazgos de significancia.

Cuando Razud Menekaner regresó a la capital del ahora imperio, tuvo que enfrentar el más áspero de sus retos hasta ahora, y que venía temiendo durante todo ese viaje : la mirada inquisidora de esa mujer ya sin fertilidad que acababa de perder a su único hijo, absurdamente, a su entender. El gran Señor, a pesar de su intelecto único en este mundo, no tenía atinadas palabras de consuelo para ella y, consecuentemente, tampoco las tenía para si mismo. Apenas arribó al palacio real fue al encuentro de su reina, quien se sabía estaba sumida en un letargo emocional desde que recibió la fatal noticia. El hombre que literalmente había planeado el mundo, ahora ante esta situación, no tenía un norte. Al mirarla a los ojos, vio en un solo instante mil imágenes de felicidad juntos y relacionadas con su hijo: todas las etapas gozadas en su sorpresa, cada aprendizaje sin ensayo previo, y la intensidad con que se nutrían de estas experiencias. Al regresar de ese lapso, el contraste con la escena real lo golpeó con la fuerza de un rayo, estremeciéndolo desde dentro hacia fuera; balbuceo un " Perdón " repetitivo y creciente hasta caer sobre sus rodillas. Ella estaba sentada, su característica elegancia se había reducido a un austero habito negro; la dicha traducida en kilos la estaba abandonando paulatinamente; era cenizas de donde hubo una gran flama. Menekaner siempre la había admirado y cuando ella se convirtió en madre, aún más; como el Flamboyán, que durante todo el año esgrime su peculiar belleza y luego en verano se le antoja florecer. Y ahora verla allí, marchita y sin expresión, lo sumió en una culpa insoportable. Ella, desde su sumisión y respeto, se había opuesto firmemente a la inclusión de su hijo en la campaña de conquista, pero él la desestimó, debía acérrimamente predicar con el ejemplo y siempre hacer gala de fuerza y entereza sin dudar, por dolorosa que fuera su decisión. Esto era el pilar que sostiene la garantía de ejercer la convicción necesaria en los otros para un fin determinado. Además sopesó que el príncipe era él mismo, una extensión de su propia persona en el tiempo; entonces era primordial compartirlo todo. Y a pesar del legítimo dolor que lo inundaba, aún consideraba haber seguido la senda correcta, aquella en la que Dios guiaba. Ella lo miró a los ojos, ni siquiera con desdén, sin odio, sin amor, como quien observa la lluvia luego de días de diluvio; el perdón se hallaba invisible más allá del horizonte...Él hubiera preferido ser el blanco donde ella descargase su furia lapidaria; estaba deseando esas palabras lacerantes escarbando en sus oídos; rogaba por una punición expiatoria...¡estaba clamando por un atisbo de vida en ella! Pero no, su reina permaneció impertérrita dentro de su universo gris; él abrió su corazón y escupió un escueto discurso de pena abrazado a su regazo; permaneció allí sentado en el suelo hasta agotar todas sus lágrimas. Por un instante dormitó y espabiló de repente, como quien cae en un foso de improvisto; al incorporarse, tuvo la intención de besarla con ternura. Entonces descubrió la imagen que lo petrificó de horror y miedo, y que lo torturaría por el resto de su vida; su musa había dejado de contemplar la nada, simplemente se fue en el más tímido de los silencios; dejó este mundo en un suspiro de alivio y despedida....

El imperio, próspero e incaducable

Después de tamaña tragedia familiar, el gran líder se sumió en un deterioro personal que se fue acrecentando con el pasar de los años, no así su imperio sino todo lo contrario. Este imperio fue concebido y ejecutado por una mente única e iluminada. Nunca fue plasmado como una sanguinaria y ambiciosa campaña de conquista, nada más lejano; fue desde su creación una misión por designio divino, matemáticamente calculada , una máquina perfecta, automática y autosuficiente para evolucionar y regenerarse a través de su cronología, un régimen establecido y ordenado por sus estatutos orgánicos. En consecuencia, "El Emperador", Razud Menekaner, poco debía de gestionar, y así sería el plan desde que la obra se concluyera.

Geográficamente, se entendía al Imperio por la extensión de todos los territorios habitados por el hombre y conocidos de manera recíproca. Se sabía también de una cultura ajena a este dominio, de carácter hostil, y que provenía de más allá del océano o de éste mismo; que en pocas ocasiones a lo largo de la historia fue divisada por los más audaces expedicionarios marinos; independientemente también de la creencia de otros seres, éstos mitológicos, que existían detrás del desierto; ambos casos con referencia maligna. Toda esta dimensión terrenal tenía inicio en el primer océano, con el puerto más grande y fluido, y finalizaba en el inhóspito desierto. A lo largo de su accidentada costa, diez puertos sostenían la economía comunitaria; uno por cada dos estados, de los veinte en que el líder dividió convenientemente su soberanía; fundamentalmente refiriendo a cultura y religión en primer orden, y a conflictividad y control en segundo. Si bien estos estados conservaban parte de sus costumbres culturales, el ejército comunitario era uno solo y se mantenía extremadamente activo como eje principal de la concordia. Estos estados estaban conducidos por su líder de sustrato, más un delegado del gobierno imperial de etnia menekita, a cargo del ejército regional y de controlar rigurosamente el cumplimiento de los estatutos de regulación, donde se contemplaban todos los aspectos de organización social. Los ejércitos regionales no eran fijos, se relevaban periódicamente por el mando central situado en Duvitzeah, ciudad capital del régimen menekita. Esta ciudad rebosante de belleza y modernidad, alzada en una arquitectura sin precedentes, era el centro de un bastión impenetrable. De naturaleza rica, la convertía en autosuficiente ante el peor de los casos. Situada al pie del más fructífero de los valles, atravesada por dos ríos y con salvoconductos marinos, era un micro mundo en sí misma. Allí residía el mismísimo Razud Menekaner y su consejo de notables, quienes gobernaban herméticamente el mundo.

El impero hizo florecer al mundo, esencialmente porque trajo la paz tan ansiada. Las tribus habían desperdiciado su historia, enzarzadas en infinitas batallas luchando por migajas cuando ahora lo tenían todo pero compartiendo. Salvo excepciones oportunamente corregidas con rigor, la gente vivía feliz y moría de situaciones normales ajenas al combate. Todos y cada uno encontró su lugar dentro de esta evolución, hasta los ladrones, corruptos y asesinos (cárcel, mutilaciones y muerte). Para contrarrestar toda esta euforia progresista, la apesadumbrada vida de su único líder y mentor, Razud Menekaner, que de a poco y voluntariamente fue dejando de ser imprescindible, cayendo en una tristeza creciente. Su brillante mente continuó intacta, pero su corazón se pudrió, comprendía y respetaba al amor y su relevante importancia pero no podía sentirlo. Su vida, carente de pasiones, transcurría entre pobres distracciones momentáneas: lectura, pesca, jardinería etc.

Durante estas dos tendencias opuestas entre obra y creador, pasaron veinticinco años en la misma dirección hasta un día...el día.

La huida

Raudo e intrépido, Duddum Draznatabor surcaba las arenas en el aire del indiferente desierto, una hora detrás, la cuadrilla de captura perseguía su rastro. El gran comandante les aventajaba en dos puntos: sabía con certeza y esperanza donde se dirigía, y su fiel corcel, un frisón concebido y criado como una óptima máquina de guerra que doblaba en tamaño, fuerza y velocidad a los de sus rastreadores. Su preocupación no eran los obedientes soldados tras de sí, que en breve, cuando llegue la noche, caerán a la deriva; sino su propia mortalidad y, fundamentalmente, la de su compañero, que era quién hacía todo el esfuerzo. Quedaba poca agua en las alforjas y se la dio en su totalidad a su héroe equino, el tiempo les apremiaba ya que la noche en ese lugar se manifiesta impredecible. Continuaron así, ciegos de distracciones y confraternizados en su quimera, hasta que el gran Febo, ya cansado, al finalizar su ardua jornada de brillo intenso y fulminante calor, comenzó a despedirse amablemente para dar paso a su volátil sucesora, la dama elegantemente vestida de negro y decorada de platino. La noche llegó calma y paciente como quien inicia su turno de trabajo con múltiples tareas a cumplir y se toma un tiempo previo para organizar todos los detalles e utensilios afines; como un excelso músico que se atilda, prepara su sitio y meticulosamente afina su instrumento para luego explotar en armoniosos y estridentes acordes. Y así fue, luego de una hora de tenues brisas, temperaturas descendentes y media oscuridad, cayó pesadamente el tinte negro sobre aquel relieve, acompañado de ráfagas de vientos congelantes y empolvados que impedían divisar la luz lunar.

Con la partida del sol y el lento descenso de las temperaturas, los soldados creyeron que el enemigo les daba una tregua momentánea; agotados física y mentalmente, dejaban una guerra detrás, y estaban ahora encomendados en una ardua misión. Fue así que también ante la dificultad de rastrear en la oscuridad, decidieron improvisar un campamento expreso para descansar y comer; y así, luego de reponer fuerzas y aclarar las mentes, podrían continuar con la pesquisa, que a su entender era recuperar el cuerpo inerte del fugitivo, ya que exhausto y sin provisiones no se entendería otro pronóstico. Unos armaron y anclaron las tiendas; otros hicieron una fogata y prepararon la cena, ésta compuesta por carnes secadas, legumbres hervidas, frutas y agua. Toda esta escena de jubileo bajo la atención y sorna de su díscolo anfitrión. No se hizo esperar mucho la carcajada del desierto, que se mezcló con los zumbidos del viento y los gritos de desesperación de estos ingenuos cuando la noche arribó tempestuosa y lesiva. Las ráfagas heladas irrumpieron en las tiendas, inflándolas para explotarlas por el aire, perdiéndose así su rastro y el cobijo en la incertidumbre de la oscuridad. Los fieles caballos, temerosos de un demonio al que desconocían, instintivamente huyeron a todo galope en dirección a su mundo anterior. Los mortales hombres apenas reaccionaron en descoordinadas acciones erráticas para pronto perecer sepultados por el polvo. Algún espabilado, acertadamente, se quitó la vida para ahorrarse su agonía. La muerte llegó aburrida y de mala gana, hizo una escueta danza para un final que se perdió en el olvido...

Los poderosos músculos de las patas del corcel consiguieron llegar a destino sin congelarse, como las casi petrificadas manos de Duddum Draznatabor que se aferraban a los lados de la parte inferior de la montura. La meta se hizo desear punzando en sus flaquezas; pero allí estaba," La Roca", como el comandante la había bautizado en su intimidad; ya que solo dos seres ajenos al desierto sabían de su existencia. Era, literalmente, una gigantesca roca del tamaño y forma de una montaña, erguida en el medio del desierto, sus separaciones emulaban a callejones estrechos donde ahora sus altos muros protegían a estos dos hermanos de aventuras de las inclementes tinieblas. Aunque aún no habían alcanzado la parada final, solo su oportuno y generoso preludio, diezmados de fuerza pero no de esperanzas, decidieron parar y finalmente desmayarse o inducirse en un coma voluntario, porque la acción de dormir no era la correcta definición para esa circunstancia. Luego de retozar lo suficiente para recuperar las fuerzas mínimas, ya que no disponían de agua ni comida, el comandante esperó que la noche y todo su escándalo se retiraran, y con los primeros indicios de luz de la mañana y el amable clima que propinaban los altísimos muros de roca fresca, decidió continuar viaje. Hombre y animal por separado, se adentraron en esos callejones, escalando y descendiendo, durante un par de horas hasta dar con el anhelado final de carrera. Después de la última quebrada en descenso, se abría una gigantesca explanada en penumbra, donde solo un tercio de los rayos solares tocaban intermitentes el paisaje; una vegetación corta pero frondosa daba la bienvenida al Oasis del Supremo. Un paraje oculto por mil picos de rocas cruzadas en las alturas a modo de techo, cuyo epicentro era una profundísima y amplia laguna, circundada por altos y gruesos, orgullosos árboles centenarios; dónde una flora y fauna transcurrían su ciclo, indiferentes a un mundo exterior contrapuesto. Draznatabor había dado con esta ignota magnificencia años atrás en una de sus reiteradas y secretas expediciones, cada vez más audaces. Creyó que esa fortuna era por designio divino, que confirmó luego cuando fue investido líder supremo. A su entender, Dios, como todos los seres de la existencia, tenía sus obligaciones; y una de esas era estar en todos los sitios, inclusive el incómodo desierto. Así que creo este paisaje escondido, a modo de morada para cuando debía residir allí; y dada la particular conexión entre él y su creador, este lo iluminó conduciéndolo hasta este lugar.

El comandante permaneció allí por el término de un mes, gozando de todos los atributos que este paraíso terrenal le ofrecía incondicionalmente. Se bien alimento al igual que a su caballo, aclaró su cascada mente con la meditación, se entretuvo positivamente en quehaceres vitales y hasta se permitió entrenar para mantenerse en forma pese a que no se vislumbraba a priori ninguna situación que requiriera de sus innatas habilidades. Pero sabía ciertamente que eso era solo un fortuito impasse en su vida; entonces comenzó, sin prisas, a idear un plan. El mundo que había dejado atrás, seguramente, sería el peor de los escenarios para él, en todos sus sentidos, así que la opción era continuar hacía adelante...¿Pero hacia dónde? Si en esa dirección era todo desierto y el desconocimiento omnipresente; pero en la misma situación se halló alguna vez en un no muy lejano pasado, sentado en la pradera de su comarca, contemplando al mismo protagonista de sus conjeturas; y sin embargo había decidido avanzar en su impetuoso afán de descubrir; y, precisamente, esa contrariada decisión fue a la que hoy debía su supervivencia.

Expedición al más allá

Duddum Draznatabor decidió emplear el mismo modus operandis de antaño. Comenzó saliendo en expediciones de ida y vuelta, bien provisionado y cuando el clima se lo permitía; siempre orientado hacia adelante pero en diversas direcciones, que registraba en precisas estadísticas. Más de una vez corrió peligro ante algún imprevisible cambio climático que logró sortear con sufrimiento. Fue así que en la antepenúltima excursión, de acuerdo a la planificación de sus direcciones, cuando corría el trigésimo primer día desde el inicio de la misma, pudo percibir en el horizonte una visión, diferente a la habitual y cansina de todos los días. Una delgada oscuridad delineaba el aparente confín de las arenas. A medida que avanzaba la línea se iba pronunciando tímidamente como un enigma que lógicamente se resolvería con la proximidad. El problema era que ya había sobrepasado el límite calculado para el regreso, en consideración a provisiones y climatología. Pero esta inoportuna ecuación no detuvo la determinación del tenaz comandante, que continuó hasta que la sombra se tornó nítida; era una cordillera, pero no de montañas amarillas y rocosas propias del desierto, sino de una envergadura bastante mayor, de tonalidades que iban desde el negro hasta el marrón claro, con salpicones de verde también en diferentes tonos. Una emoción eléctrica recorrió la, hasta ahora, apática figura del último Runita. Sin duda era meritorio de acreditarse el mayor hallazgo del mundo al que perteneció:¡ la existencia del más allá!

Duddum Draznatabor, ante una vorágine de pensamientos enigmáticos para los cuales no estaba preparado, pero más que satisfecho con su éxito, consideró con gelidez su endeble posición para afrontar este gran acontecimiento y decidió regresar. De esta manera recuperaría fuerzas, apaciguaría sus volcánicas emociones y ,considerando con mesura todas las posibles variables, trazaría un plan...

Treinta y ocho días tardaron el comandante y su caballo en regresar al Oasis del Supremo, y otros quince en recuperarse. En todo este tiempo, Duddum Draznatabor pensó en mil y una posibilidades de lo que el futuro le depararía detrás de esas montañas; pero ciertamente la inmovilidad no era una opción, así que ideó su plan; y este era de la única manera que podría haber sido concebido por su creador, un plan de guerra. Y así fue que el comandante se preparó cual ejército de un solo hombre con todo lo que esto implicaba en la doctrina militar. Preparó provisiones para cuarenta días, ya que la carga extra ralentizaría la marcha, y los descansos también serían más prolongados. Fabricó armas y armaduras de peso ligero, y hasta construyó un carro de remolque para los excedentes; entonces un día, determinado por sus estudios climáticos, Duddum Draznatabor partió acompañado de su único y fiel amigo hacia la más incierta de las aventuras, en dirección a un nuevo mundo...

Si bien este viaje revestía muchos peligros, y estaba plagado de adversidades conocidas y por conocer, se sumaba como un valor agregado la gran carga de ansiedad. La tranquilidad mental se dificultaba ante tantas incógnitas, pero el comandante estaba determinado y el regreso con las manos vacías no era una opción. Pese a esta pesada carga virtual, la travesía se fue dando de la manera esperada, no sin pesares pero según lo planeado. Una tarde cuando el sol gentilmente se despedía, Duddum Draznatabor reconoció en el paraje la proximidad con el destino, pero algo inquietante se percibía en el aire y así se lo hizo saber su corcel que para estos métiers era un entendido por natura. No obstante el comandante ya había olfateado la meta y continuó a ritmo, así hasta que finalmente pudo divisar la línea oscura que revestía el horizonte. La luz no se había marchado todavía cuando el mal presagio se hizo realidad, un enemigo conocido pero al cual nunca se había enfrentado se interponía en su camino. Tres gigantes de pequeñas cinturas pegadas al suelo y anchas espaldas elevadas hacia el cielo, con enormes bocas abiertas, giraban vertiginosamente sobre sí mismos, y a la vez zigzagueaban intempestivamente el frente, engullendo, triturando y vomitando todo a su paso aleatorio. Animal y hombre no pudieron reaccionar. El comandante se quedó perplejo contemplando la cordillera detrás de los tres demonios y sus bailes frenéticos; no era un hombre de encomendarse a la suerte sino a su pericia; y ,si no fuera tan frío, podría haberse lamentado de cuán cerca de llegar había estado cuando el tornado se los tragó...Una furiosa fuerza centrípeta los abdujo para girar repetida y violentamente sobre un eje invisible, a la vez que los elevaba del terreno, sacudiéndolos a su merced. Duddum Draznatabor permaneció siendo vapuleado en el aire a unos cinco metros de altura hasta que el remolino decidió soltarlo y estrellarlo contra unas rocas. Su compañero, inocente de voluntad para esta aventura, no corrió con la misma fortuna; fue ascendido como una pluma hasta casi perderse de vista entre vientos y arena, ya podría haberse quedado allí en el cielo que es adonde pertenecerá, pero no...fue desechado sádicamente en la cúspide del monstruo, cayendo libre a la velocidad que rige la gravedad para una masa de novecientos kilos. Toda su nobleza se incrustó de lleno en el rocoso terreno, sus huesos atravesaron de manera piadosa su corazón para morir en el acto. Los vientos emulaban carcajadas grotescas, mientras los asesinos y toda su comparsa se marchaban adentrándose hacia el interior del desierto. Una brisa gruesa en arena puso un manto solemne para cubrir tan trágica faena.

El nuevo mundo y los Kahireos

La oscuridad se fue rasgando lentamente para dejar entrar la luz, en el umbral de la conciencia Duddum Draznatabor abrió sus ojos, inmediatamente comenzó a convulsionar en la desesperación por entender lo que sucedía, mil pensamientos instantáneos atiborraron su mente hasta colapsar en un grito visceral que lo despertó completamente. Ya espabilado comenzó a testear la situación, recordó ser atacado por el tornado, pero evidentemente allí no había muerto. Miró a su alrededor de manera analítica; yacía en un cómodo como extraño lecho, en una choza de gruesas paredes de barro que mantenían un ambiente fresco y acogedor; el techo estaba tejido con raras ramas de árboles. A un lado había una vasija con agua y utensilios afines a la cura de heridas, al otro estaban parte de sus pertenencias; entre éstas, varias de sus armas incluyendo partes de su destruida armadura pectoral; esto evidenciaba que su anfitrión, quien o que fuera este, no era hostil. También no tardó en darse cuenta de la gravedad de su condición, ya que al mínimo intento de moverse, el dolor le caló los huesos, a la vez que respiraba con dificultad. Con gran sigilo y no menos esfuerzo, se hizo con una daga que escondió entre el ropaje de cama, y sin muchas opciones decidió esperar en silencio. No pasó mucho tiempo cuando escucho que alguien se aproximaba, entonces cerró sus ojos y simuló estar aún inconsciente. Una mujer y un anciano cruzaron la puerta silenciosamente, el comandante los observaba taimado a través de sus gruesas pestañas. Apenas entrar, el viejo se detuvo precavido, escudriñó el lugar y con un ademán inmovilizó a la mujer que se disponía a asistir al herido. Ella traía agua para reponer, vendajes y ungüentos medicinales. Fue entonces cuando el sagaz anciano se paró al pie del lecho, miró fijamente al herido y le espetó con serenidad y elocuencia unas palabras en una lengua que el comandante no conocía pero sí comprendió, por lo tanto abrió los ojos y suavemente arrojó la daga hacia el resto de sus armas. El anciano lo miro a los ojos de manera apacible y se sentó en la cama, con otro movimiento amable invitó a la mujer a continuar con la tarea prevista. Mientras ésta asistía con destreza a su robusto paciente, dándole de beber, cambiando los vendajes, limpiando y untando las heridas; el viejo le hablaba lenta y didácticamente, apoyándose en gestos y ademanes del lenguaje universal. Duddum Draznatabor que a poco temía, se relajó y con entusiasmo intentaba entender y a la vez interactuar. Fue así que con unos movimientos de manos se tocó el estómago y luego la boca para que el viejo soltara una palabra que repitió lentamente, invitando a su alumno a imitarlo; cuando el comandante pronunció la palabra correctamente, el anciano ordenó por comida.

El tiempo fue pasando sin darse cuenta. Mientras el comandante estuvo en reposo, que fue un tiempo prudencial ya que tenía muchos huesos rotos, el anciano y la mujer venían en una frecuencia rutinaria con la puntualidad de un gallo; sus nombres eran Diremeas y Foebbe, respectivamente, y lo que aprendía con el viejo luego lo ensayaba con la mujer. Se notaba que Diremeas tenía una férrea intención en que Draznatabor aprendiera la lengua, casi como una inversión a largo plazo, y Foebbe mostraba una dedicación tan comprometida que él, en su mente de militar, no lograba comprender.

Con el tiempo se fue enterando que se hallaba en Kahirea, tierra de los Kahireos, una sociedad monoteísta, no violenta que fundamentaba su existencia en el amor (kahir, en su lengua). Era una provincia de las doce que conformaban los dominios del Rey Usufur Rakart; quien, desde que su abuelo llegó al poder y con mano de hierro, mantenía la paz entre todas ellas. Cada provincia poseía su menester, e interactuaban productivamente entre sí, a la vez que religiosamente pagaban tributo al estado para mantener toda la infraestructura que este demandaba. Los Kahireos eran los granjeros, proveían la gran parte de la alimentación de todo el reino. Otros se encargaban de fabricar los transportes, otros de la pesca, y así consecutivamente. La casta real, ahora y desde siempre estaban a cargo del suministro de agua.

Diremeas Kahir, que en su lengua significa: hacedor de paz, más el apellido común para todos los pertenecientes a esta sociedad, Kahir (amor); era el líder espiritual que guiaba a cada uno de todos los Kahireos. Foebbe Kahir (sanadora), sería la compañera única del comandante por el tiempo que éste permaneciera en esta colectividad, esto fue por designio y común acuerdo entre ella y su líder.

Cuando el comandante pudo abandonar su lecho de convaleciente, comenzó a salir libremente a dar paseos por la comarca y practicar su nueva lengua, todas estas nuevas experiencias lo entusiasmaba. Poco a poco, los Kahireos se le fueron acercando, pero se denotaba un rígido adoctrinamiento por parte de su líder para con este más que extraordinario huésped. Diremeas no quería que la ansiedad, tanto propia como ajena, perturbara esta inaudita relación. Era fundamental que la presencia de Duddum Draznatabor en esas tierras fuera el secreto Kahir mejor guardado, y al primero que aleccionó con este concepto fue el mismo comandante que, más que experimentado en supervivencia, lo comprendió perfectamente.

Así fue que Duddum Draznatabor se mimetizo con el paisaje, vestía simples túnicas al igual que todos los demás y trataba de imitar sus costumbres. Diremeas le explicó que era un hombre libre ,que podría marcharse cuando quisiera, pero mientras viviera allí, debería hacerlo bajo las reglas comunales, fue entonces que de común acuerdo encontraron el oficio de leñador como adecuado para que el superdotado militar se ganara la vida. También lo mudó a convivir bajo un mismo techo con Foebbe, lo cual tanto hombre como mujer, sorpresivamente para ambos, lo aceptaron de muy buena gana. Ella era bastante menor que él pero lo cuidaba como si fuera su madre, es que la curiosidad inicial por este extraño personaje fue deviniendo en adicción, todas las manifestaciones del comandante le llamaban la atención gratamente, particularmente el desinterés de este por las demás mujeres como tales. Además que era, literalmente, el hombre más exótico de su mundo por excelencia, lo cual en su banalidad la subyugaba. En el mismo orden, el comandante, ahora obsoleto en sus cualidades inherentes, distraído momentáneamente de los peligros a los que acostumbraba, sumergido en su meditación y permanente curiosidad, pudo apreciar en Foebbe a una mujer y todo lo que esto implica como tal; y lo hizo con un sentimiento desconocido para él. Tanto así que una noche la poseyó de una manera tan placentera como ignota, e inmediatamente después del estallido, cuando sobreviene la parsimonia, comprendió y simpatizo con mil y un hombres Runitas..

Duddum Draznatabor no mentía, era algo que no existía en su esencia de orgullo y líder supremo. Pero inteligentemente callaba a algunas preguntas de los pobladores en general; no así con Diremeas, que en su prédica estaba implícita la indulgencia ante el arrepentimiento o circunstancias de fuerza mayor; tampoco con Foebbe, que su amor era incondicional, y en él, sin saberlo aún, mutuo también. Duddum Draznatabor, para mantener su identidad sin relevancia, fue renombrado como Elsniidor, que significa: debajo de la arena, ya que así fue encontrado, agonizante en el desierto. Todos los peligros que afrontó de manera habitual, todas las rojas batallas, todos los pesares de responsabilidad por los suyos, la adrenalina constante en su cuerpo, una corta vida transcurrida en el vértigo, perseguido por flechas y sobado por el acero, sin tiempos para el luto, propiciaron una rápida adaptación a esta nueva vida contrapuesta. Pero él era consciente que el guerrero en su interior dormía intacto y tal vez expectante. El trabajo de leñador resultó compatible con sus cualidades marciales; a más fuerza y más habilidad con el acero, más producción. Al principio canalizó esta tarea como un entrenamiento físico a la vez de su funcionalidad social, pero a medida que fue recuperando la forma, dividió su rutina en dos jornadas consecutivas; primero, una ardua laboral de carácter comunal, por cierto muy productiva; y luego, otra más intensa aún, marcial y propia. Como se desempeñaba solo en el monte, tenía libertad para hacerlo sin contrarrestar la filosofía no violenta del resto; y aunque algún curioso husmeara en lo que no le competía, la caza era una actividad de ocio común para los Kahireos y la excusa para el comandante.

A los, más o menos, siete meses de la incursión de Draznatabor en la cultura Kahir, un extraño suceso golpeó la tranquilidad de la comarca. Un pastor que tenía asignada un área de pastoreo colindante al desierto, desapareció misteriosamente sin más, dejando a sus ovejas solas.

Diremeas, como su deber lo requería, se implicó a conciencia. Mando al desierto a varios rastreadores de técnicas diversas a investigar los hechos, pero ninguno llegó a una conclusión contundente; no hallaron al pastor, ni huellas, ni enseres, ni nada. Esta situación, jamás ocurrida antes, se debatió en el consejo Kahir con gran consternación e intriga; pero nadie reparó en que la zona en cuestión fue la misma donde fue encontrado tiempo atrás el moribundo comandante, los restos de su caballo y sus pertenencias. Diremeas, ante la infructuosidad de las acciones, se abocó a asistir a la familia del desgraciado pastor, y este infortunio quedó con el tiempo en un apartado.

La llegada y el miedo

Una tarde como tantas otras en la cual Elsniidor Kahir cortaba leña imaginando que eran extremidades de Menekitas, o de otras tribus hostiles de su ahora sepultado pasado, un mensajero llegó raudo desde la comarca con una noticia perturbadora. Resultó que su mujer Foebbe se había desvanecido y cuando recuperó el conocimiento pidió por él. El leñador dejó de inmediato sus quehaceres y se dirigió donde era solicitado. Cuando llegó a su hogar encontró a Foebbe en el lecho siendo asistida por una mujer cuya labor era diagnosticar enfermedades y otros relacionados con la medicina. Para revestir la escena de solemnidad y consternación, también allí estaba Diremeas. Elsniidor Kahir, involuntariamente se hizo eco de un sentimiento desconocido en su interior que venía con el paquete de su nueva personalidad. Si en ese momento se hubiese mirado en un espejo, seguramente no se habría reconocido. Ella cuando lo vio entrar le extendió su mano para que se sentase a su vera, de manera sincronizada los demás se retiraron bajo un escueto saludo de cabeza. Elniidor no halló miedo en sus ojos, lo cual lo tranquilizó un poco, pero si percibió un alto grado de emoción no definida ya que ella no sonrió, cosa que era habitual cuando se reencontraban; y él, hasta ese preciso instante, no se había dado cuenta de cuanto podía echar de menos esa sonrisa. El leñador permaneció en un respetuoso silencio porque notaba que su musa intentaba articular las más apropiadas palabras, y así fue como se rompió el silencio: _ Mi señor, tú que mueves mi vida sin resistencia, tú que sosiegas mi alma con tu sola presencia, tú que condicionas mi voluntad con una mirada...tú; cuando este invierno la nieve cubra el pico de nuestra montaña, y los árboles se desnuden completamente, tú...serás Padre!

Elsniidor Kahir, no comprendía nada de lo que le estaba sucediendo a su existencia, a veces hasta creía que había muerto en el desierto, y ahora estaba reencarnado en otra vida; su Dios Runita ya no hablaba de guerras a sus pensamientos; sentía que estaba usurpando la vida de otro hombre, tan lejano a su antiguo parecer. Y lo más desconcertante era que cada uno de estos nuevos acontecimientos los gozaba intensamente que hasta le producían cansancio. Si bien no era muy expresivo en sus manifestaciones, digerio esta trascendental noticia con ilusión, y esto, Foebbe lo percibió con gran alegría y sobretodo motivación. El leñador, en introspección, se declaró inexperto por natura para esta cuestión, así que se dejó llevar por todas las voluntades de su compañera, a la que consideraba exactamente lo contrario, lo cual le producía un gran alivio. Pero dentro de toda esta nueva vorágine de sentimientos, había uno en particular, que de a poco iba creciendo para afirmarse y que permanecería en él por el tiempo que sintiera amor por otras personas; este sentimiento era el más orgullosamente desconocido de su vida pasada y su nombre era miedo. El miedo se le aparecía fantasmagóricamente siempre que su mente fabricaba alguna posible situación de peligro tanto para su mujer como para su no nato hijo, en la mayoría de las veces, éstas eran de carácter exagerado, pero con el tiempo, en su proceso de humanización, aprendió a lidiar con estos avatares.

Un día llegó a Kahirea una delegación proveniente de su provincia vecina, Azharea, una de las cuales con las que compartían el límite con el desierto. Con gran hermetismo, estos representantes solicitaron entrevistarse con Diremeas Kahir y su consejo, ya que alegaron traer una cuestión de desgraciada importancia. Por supuesto como era costumbre en los Kahireos, se mostraron sin reparos predispuestos a colaborar, independientemente de lo sorpresiva que resultaba esta visita, de lo que luego fue excusada. Resulta ser que una pareja de jóvenes tortolitos, demasiado prematuros para formar una unión legal, solían yacer sobre las amabilidades que ofrece la verde y perfumada pradera que cae desde la montaña sobre el mismo desierto; esta situación no era precisamente un secreto para esta sociedad que permaneció indiferente hasta que pasaron tres días sin tener noticias de los jóvenes. Se organizaron búsquedas, incluso incursionando en el desierto, más allá de los límites prudentes, ya que así el clima lo permitía, y esto extrañaba más aún. ¿Qué tipo de accidente les pudo ocurrir con el mayor enemigo durmiendo? Consideraron entonces que debido a alguna incomodidad social respecto a su pasión adolescente, los había llevado a la decisión de fugarse y solicitar asilo en la siempre generosa comunidad vecina, he aquí el porque de esta visita repentina, y su excusa. Diremeas y su consejo escucharon toda esta exposición con mucha atención y no menos preocupación, la que se volatilizo' cuando compartieron su similar experiencia. Este mutuo desconcierto profundizó la crisis, y luego de insistir en la búsqueda sin éxito ni pistas por ambas partes, decidieron elevar un informe de la situación a la ciudad capital, para que el mismo rey Usufur Rakart se interiorizara en el asunto. Diremeas convocó, con mucha discreción y a la vez cautela, a Elsniidor para consultarle de esta inquietante cuestión, ya que este provenía de un mundo más allá del desierto. El leñador comentó que su mundo pasado temía, tanto y más que éste nuevo, al vil desierto, y no sin razón; que este monstruo atacaba de mil maneras diferentes, conocidas y por conocer; que por medio de su Dios Runita, intimo' con él y cuando lo creyó un amigo, éste lo traicionó antojadizamente de la manera más despreciable y cruel. Y que si Diremeas se lo solicitara, con gusto iría a la zona de los hechos para pesquisar y darle su opinión al respecto. Pero instintivamente, Duddum Draznatabor dentro del leñador, calló, antes y ahora, de la existencia del oasis del Supremo; pese a que creía que su Dios lo había abandonado a merced del demonio. El anciano líder, complacido con la elocuencia e implicación del extranjero, y considerando fundamentalmente la inminente condición de padre de este, prefirió no tomar riesgos y desestimó su acción al respecto. Fue así que el tiempo se distrajo nuevamente y la desgracia permaneció a un lado...

El día ha llegado, Foebbe Kahir se puso de parto. Diremeas y todo el consejo se abocaron a este evento ya que en toda Kahirea no se esperaba otro nacimiento para esa fecha. Se creó una gran expectativa en toda la provincia, principalmente en el pueblo donde residía la pareja. A pesar del silencio inviolable del código Kahir, la existencia de Elsniidor en estas tierras, un hombre de otra etnia, vomitado por el desierto, era un secreto a voces; y que engendrara una nueva vida, mitad Kahir y mitad, Dios sabrá qué, era un evento sin precedentes que despertaba todo tipo de fantasías. Éstas, siempre bienaventuradas, porque todos estos sucesos por misteriosos que parezcan eran voluntad del Divino con un propósito determinado que a veces escapaba a la limitada comprensión humana. Foebbe estaba tranquila, controlaba su ansiedad porque su corazón le auguraba buena fortuna; además ya había tenido tiempo durante los nueve meses de rigor para conjeturar hasta el más mínimo detalle, y en cada una de esas conjeturas, el novicio leñador era el blanco. El pobre Elsniidor fue consultado y refutado mil veces sobre todo y más. Cien nombres para elegir si la criatura era niña, cien nombres si era varón, cien oficios, cien candidatos/as para una futura unión nupcial, y cien variantes para todo. Por el contrario, Elsniidor Kahir transcurrió esos meses sumergido en sí mismo, ocultando la tensión y lleno de interrogantes a los que ningún Dios le respondía, pero a pesar de esa solitaria responsabilidad, en ningún momento perdió paciencia y empatía por su mujer, y esta extravagancia que su personalidad se permitió fue el motor del embarazo.

Cuando el preciso momento llegó, el leñador decidió retirarse del recinto y encomendarse a las experimentadas manos de la partera, no así Diremeas, que rebosaba de entusiasmo y no quería perderse detalle. El futuro padre era roca sólida por fuera y un núcleo de lava hirviendo en su interior cuando comenzaron los habituales gritos de dolor en un alumbramiento, deseó haber nacido sordo. "¡Qué fácil era todo antes, cuando con un golpe de espada se podían resolver tantas cosas, y el único riesgo era tan solo perder la vida!"; razonó estúpidamente y en silencio el comandante Duddum Draznatabor. Luego de unos pocos alaridos y quejidos mezclados, que retumbaron un siglo en la gelatinosa mente de Elsniidor y veinte minutos en el mundo real, sobrevino un silencio sepulcral que se tradujo en otra centuria, para ser aniquilado categóricamente por el estridente y saludable llanto de un bebé....varón!

A medida que el niño fue creciendo, un sentimiento anónimo y deforme, que ya se había gestado un tiempo atrás, comenzó a forjarse dentro del pecho de Elsniidor Kahir. El amor en él, ya como tal, reconocido y aceptado, empezó a manifestarse de manera diáfana, fluyendo sin represas hacia Foebbe y hacia su hijo, al que llamaron Kholboo (unión en Kahir). Este amor paternal impulsó la inquietud del leñador por nutrirse de conocimientos para desempeñar su rol familiar con propiedad. Para esta empresa, Diremeas, con mucho gusto, puso a disposición la biblioteca provincial, que era la segunda más nutrida de todo el reino. Allí Elsniidor leyó textos de filosofía, historia, artes, pensamientos introspectivos y meditación. Más se capacitaba, más se evidenciaban los errores de su pasado y su consecuente conducta reprobable. Estos hechos deleznables, enmarcados como crímenes de guerra ahora se traducían a través de estos nuevos conocimientos como violaciones, asesinatos, torturas, crueldad, impiedad...etc. Una sensación de culpabilidad lo envolvió y sumió en un severo arrepentimiento. Pensó entonces que esta nueva vida era una oportunidad de redención, y para concretarla debía comprender la naturaleza errónea de esos actos y así poder, sinceramente, condenarlos. El amor (Kahir) era la pieza fundamental para esta transformación hacia la decencia, aquella que adeudaba a su amada familia. Pensó en la luz que su hijo emanaba, cada gesto de este lo inundaba de ternura y alegría. Sonrió obnubilado por imágenes que proyectaba su mente sobre el niño en todas sus expresiones; se sumergió en un éxtasis profundo, atiborrado de felicidad flotaba en la ingravidez de sus pensamientos; y en el punto más sublime, se estrelló contra un muro oscuro que se convirtió en un abismo negro cual cegó en un mínimo instante todos los colores. Un destello plateado cortó la oscuridad y una imagen nítida lo confrontó; era el metafórico espejo de Razud Menekaner; y acto seguido, su propia mano empuñando la espada que atravesó el corazón del joven príncipe. Bajo una catarata de estalactitas punzantes, sintió empatía por su enemigo y un consecuente pesar, que se transformó en terror cuando relacionó esta tragedia con su propio hijo. Con esta idea por estandarte, el miedo se impuso sobre sus voluntades.

El espíritu interior

Las agujas del reloj giraron y giraron, llegaron bienvenidas primaveras que gentiles acariciaron los campos, pasaron gélidos inviernos pintando montañas de celeste y blanco. El niño brotó en hoja, rama y flor. Su personalidad era el resultado de la alquimia entre las virtudes de sus padres. Sus rasgos exóticos ponderaban su belleza. Cayó en gracia a toda la comarca; bienvenido en todas las familias, era el amigo predilecto para todos los hijos de esa edad. Diremeas que siempre había sido imparcial, primero por natura y luego por obligación, con este niño en particular, bordeada la preferencia. Si bien todos los niños de la región recibían la misma educación, de alto carácter religioso, Kholboo Kahir tenía un extra, ya que el anciano líder rutinariamente visitaba su casa; y ,de manera casual y didáctica, instruía al niño en filosofía y educación cívica, camufladas estas asignaturas dentro de rudimentarias charlas acerca de temas, aparentemente, aleatorios.

Foebbe se sentía plena, gozaba cada día de su vida, su hijo iluminaba su existencia, y su hombre cumplía holgadamente con las expectativas de padre, conductor del hogar y compañero sentimental. Elsniidor Kahir era un padre propio, afectuoso con su vástago y responsable; y a la vez era un espectador cautivo del crecimiento del niño, no perdía detalle de, lo que él en su interior consideraba, el milagro de la vida. Memorizo inconsciente cada cambio en la fisiología y personalidad de su hijo, como quien lee un libro de misterio que se sabe por adelantado será intrincado. La rutina de padre se agregó a la habitual sin sustituir nada en la anterior ni escatimar bondades con el niño, hasta en ocasiones se amalgamaron las tareas; el leñador llevaba a su hijo al monte y así su jornada laboral se inundaba de preguntas y respuestas aleccionadoras. Particularmente en estas ocasiones, Duddum Draznatabor posponía su entrenamiento marcial, no le interesaba involucrar a su hijo del presente con su vida pasada. El comandante, debido a su actual entorno y a su reciente educación, había evolucionado en un hombre reflexivo en muchas cuestiones y en consecuencia muy crítico con su antiguo yo, al punto de sentirse dolorido y consternado al respecto. Pero nunca pudo dejar atrás su violenta esencia de guerrero, su afición al combate no había expirado, y prueba de esto era su inoxidable puesta en forma, constante a través del tiempo. Cuando luego de leñar se embarcaba hacia su rito de acero y sangre, su espíritu interior despertaba y teñía de oscuro el paisaje, donde sus sentidos se agudizaban, y su mente se transportaba a los infernales campos de batalla; en los cuales siempre se alzó victorioso y siempre se sintió cómodo. Esta tiniebla interior que hibernaba en sus entrañas; cual agujero negro, con cada despertar crecía lentamente; y con el paso del tiempo, de manera inexorable, haría mella en su nueva humanidad.

De vuelta al ruedo

Una tarde como cualquier otra, Elsniidor Kahir finalizó su jornada de leñador y comenzó los preparativos para su entrenamiento militar. Propició su vestuario, por supuesto no se ensamblo una armadura pero se despojó de su túnica habitual y sandalias para ponerse un holgado pantalón, bien sujetado por un grueso cinturón de piel, y unas flexibles botas de caña alta y espesas suelas del más duro de los cueros. Portaba una brillante daga curva, de acero lustroso y del tamaño de una espada pequeña, con su vaina anexada al cinturón, arco y flechas, y una espada mandoble del peso de un niño y la altura de una mujer. Toda esta indumentaria estaba convenientemente camuflada en la parte inferior, y por debajo, del carro para portar la leña.

No se había calzado aún el macuto de flechas, cuando escucho un ruido que reconocería hasta estando ebrio perdido, era el galope de una caballería retumbando el suelo. Cuando intentaba orientarse respecto a la dirección y distancia de la tropa, percibió un olor fuerte a animal que no pudo identificar, entonces de repente observó desde la maleza emergía una bestia que como un bólido se dirigía hacia él. En su concepción, era como un cerdo pero el doble en tamaño del más grande que había visto en su vida, también el doble de peludo, con la crin de un percherón y cola de león. Su desproporcionada cabeza, de forma cónica, era casi la mitad de su cuerpo y por debajo de su boca colgaban dos cuernos de vaca. No pudo atinar a mucho pero sus reflejos y destreza estaban intactos, así que se dejó caer en plano y evitó ser embestido de lleno por la bestia, así quedó tendido debajo del animal que por la angulación no tuvo espacio para hincarle los colmillos pero lo intentó. En ese ínterin, el comandante se aferró con sus fuertes manos de tenaza al marfil, una por cada colmillo, y con sus piernas se sujetó al cuello. Mientras se mantuviera en esa posición y su fuerza resista el corcoveo, evitaría ser diseminado. Dada la sobrenaturalidad de sus capacidades, logró mantenerse así unos pocos minutos que para sus brazos fueron años, y hasta pudo percibir de reojo a su alrededor, un ejército que oficiaba de espectador. El leviatán brincaba, movía la cabeza de un lado a otro, abría y cerraba sus fauces, exhalaba un grueso aliento fétido que desprendía una espesa saliva ocre sobre el cabello y rostro del testarudo Runita que estaba empecinado en no morir allí. Entre arremetida y arremetida, el jabalí gigante se permitía unos efímeros segundos para coger aire, fue en uno de esos instantes cuando Duddum Draznatabor soltó el colmillo izquierdo para liberar su diestra y con ésta cogió la daga para, en un último arrebato de energía, clavarla hasta la empuñadura debajo de la oreja izquierda. Para cuando el animal reaccionó a la punzada, la eficaz pericia del comandante había cercenado medio cuello hasta la otra oreja. El corazón de la bestia bombeó tres ríos de sangre que bañaron la humanidad del guerrero, trecientos kilos de músculos inertes cayeron hacia un lado. Duddum Draznatabor se incorporó de un salto, no quitó la daga sin más, en vez la continuó en su recorrido para, con unos pocos movimientos certeros, decapitar prolijamente al animal. Luego, con desdén, arrojó la cabeza sobre un barro de polvo y sangre, como quien desecha la cáscara de un huevo al comerlo, y se volvió, pintado de bordó y marrón, daga en mano, hacia su público. Eran diez jinetes y nueve le apuntaban con sus arcos…

Duddum Draznatabor escudriñó minuciosamente a los jinetes, a su entender era obvio que era un cuerpo de caballería militarizado. Estaban uniformados y armados pero laxos en defensa, no usaban gruesas armaduras ni escudos, lo que evidenciaba que no estaban en misión de combate, más bien de reconocimiento del terreno u otras. El comandante dejó caer la daga e hizo ese silencio que incita a las palabras del otro. Y así fue que el único que no le apuntaba habló _ ¿Quién eres?!_ Se denotaba una alta carga de asombro para tal simple pregunta. _ Soy un leñador, y mi nombre es Elsniidor Kahir. _ Respondió el comandante, y una carcajada que se contagió al unísono en todos los miembros de la tropa hizo eco en todo el bosque. _ ¡¿Kahir?!, jajaja…pues nunca había visto a un Kahireo predicar el amor fraternal en esas pintas, ni con esa daga tan refinada, ni portando arco y flechas, ni en posesión de una espada robada a un gigante, y ni mucho, muchísimo menos, matando y decapitando al Señor Ruina, el jabalí más grande y feroz que se conoció nunca, ¡que una cuadrilla especializada en cacería del mismísimo ejército real, llevamos cinco años y varios heridos tratando de darle caza sin éxito!¡Ay, señor, quizás hagas honor a tu nombre y provengas de debajo de las arenas, y seas un guerrero excepcional, pero mientes de pena!…_ Pronunció estas palabras, en un tono piramidal, quien había preguntado en primer orden y, que por su condescendencia al expresarse, su protagonismo al accionar y algunas diferencias en su atuendo, era ciertamente el líder de los demás. _ Siento haber estropeado tu trofeo de caza, solamente me he defendido de su ataque, y también siento que no me creas señor, pero sí soy uno de los leñadores de Kahirea…_ Pues entonces te escoltaremos de regreso y dirimiremos todo este, más que extraordinario, asunto con Diremeas Kahir; pero antes pasaremos por el lago donde te acicalarás un poco, ya que si el viejo te ve así, le darás un susto de muerte…Soy Agmadar Fazzart, general del ejército Real y primo del Rey Usufur Rakart, y esta es mi brigada especial. Nos debes obediencia y te advierto que mentir al ejército es un delito. En otro orden, quisiera expresarte que estamos todos absortos con la proeza que has hecho, que ésta será difícil de narrar sin provocar incredulidad. _ Y fue así que el general Agmadar Fazzart ordenó embalar el cuerpo del Señor Ruina y todos partieron hacia el centro de Kahirea según lo planeado.

Cuando llegaron al pueblo, todos los habitantes a su paso murmuraban por lo bajo, casi sin sorprenderse de una situación que de esperar tarde o temprano; lo mismo Diremeas preveía que algún día debería dar explicaciones sobre tamaño personaje, independientemente de los grandes progresos de éste hasta la fecha. El general Agmadar se reunió a solas con Diremeas y el consejo, y realizó las preguntas de rigor ante una situación sospechosa. Diremeas, que era un estadista por excelencia, y peinaba una larga y blanca barba hasta su pecho, estaba particularmente entrenado en responder, aconsejar y dirimir cuestiones, sin mentir pero con verdades a medias y percepciones subjetivas. Entonces respondió que Elsniidor sí pertenecía a Kahirea, sin mencionar que no había nacido allí; que no poseía ascendencia en vida; que en una expedición al desierto había sufrido un terrible accidente donde casi muere, omitiendo por donde había ingresado al mismo; y que a causa de este gran trauma había perdido su cordura, lo cual era compatible con el entender del anciano, ya que este no concebía como sano mental a quien había vivido una vida para ejercer la violencia. Explicó también que era un buen hombre, un trabajador comunitario muy eficiente y un afectuoso padre y esposo, que desperdiciaba su talento creativo inventando y fabricando armas dentro de una sociedad pacifista, incoherencia propia de su distorsionada psiquis. Con todas estas atinadas respuestas, Diremeas Kahir satisfizo las inquietudes del requirente militar y, a la vez, no transgredió sus propias leyes morales ni develó el gran secreto. A continuación el anciano líder ordenó organizar un ágape de bienvenida para el general Agmadar Fazzart y los suyos, que se presumían cansados por la cacería y el viaje. Kahirea era conocida en el reino por su excelsa hospitalidad y gastronomía, por lo cual el general accedió con suma complacencia.

Con la ayuda de un excelente vino vallense, Agmadar Fazzart se fue despojando de su solemne rigidez militar y se distendió en una informal platica con el anciano líder, donde le confesó la admiración y excitación que le produjo la performance del leñador, que jamás en su dilatada carrera militar había contemplado o esperaba contemplar algo similar, y que dado lo inverosímil de la hazaña, tendría una gran dificultad al dar su reporte al rey. Esto preocupó un poco a Diremeas que entendió que esta situación traería cola. Al día siguiente y sin más por el momento, el general y su brigada partieron de regreso a la capital del reino.

Kholboo Kahir ya pronto entraría en la adolescencia y su vida no podría estar mejor guiada; a pesar de la reciente popularidad adquirida por su padre, ésta no influyó en la personalidad del niño, ya que Elsniidor no se movió un centímetro del modelo de educación planeado. Un tridente encaminaba los pasos de Khoboo, su madre desde la paciencia y tolerancia, su padre desde la conducta y perseverancia, y Diremeas desde la sapiencia y adoctrinamiento; todo y todos con el amor por leitmotiv. A veces, el niño ante alguna adversidad o dilema natural de la vida, respondía con la mesura y coherencia de un adulto bien experimentado. Esta iluminación inusual, para Diremeas no era casual, pero por el momento se reservaría su explicación. En lo que respectaba a Elsniidor, su hijo, además de hacerlo feliz y orgulloso, le había despertado el afecto físico, besaba, abrazaba, acariciaba y olía al niño con frecuencia. La atmósfera que Kahirea ofrecía para la formación de las personas era óptima, ya que en la práctica se pregonaba el amor y todos los sentimientos afines, y en la enseñanza se advertía sobre todas las conductas y sentimientos impuros ante las diferentes ocasiones que el destino pondría por delante.

El regreso del general Agmadar Fazzart a la provincia de Kahirea no se hizo esperar. Esta vez vino acompañado, además de su séquito habitual, de una comitiva especial formada por distinguidos soldados de alto rango. La pieza fundamental de la prosperidad del reino era la continuidad de tres generaciones de paz, y para mantener esta paz, el ejército era la clave; por lo menos así lo entendía el Rey Usufur Rakart. El general se reunió con Diremeas Kahir para expresarle esta cuestión como preámbulo del particular interés que despertó en él las extraordinarias capacidades de Elsniidor Kahir. Solicitó permiso para interactuar con éste, sumado a los suyos y en la soledad del bosque, para luego continuar con este diálogo; a lo cual el anciano respondió que el leñador era un hombre libre y ese requerimiento dependía particularmente de él. Cuando Elsniidor Kahir fue consultado, una pequeña llama se encendió en su interior, y el comandante Duddum Draznatabor respondió que estaría encantado; sus códigos militares comprendieron perfectamente de que iba esa situación. A solas, el leñador tranquilizó a Diremeas diciéndole que no hablaría más de lo escuetamente necesario, cogió parte de su arsenal de antaño y, a lomos de su nuevo caballo, partió junto al general y sus soldados.

Elsniidor Kahir creyó que se dirigían hacia el bosque donde el usualmente leñaba y donde había sido su primer punto de encuentro, pero al percatarse que ese lugar ya había quedado atrás y fuera del trayecto, se inquietó un poco. Por un momento su violenta mente se activó en ecuaciones respectivas a cuántos eran los soldados y a cómo podría someterlos en caso de que la situación lo requiriera. Se vio así mismo partiendo en dos a los escoltas del general con el mandoble y seguidamente decapitando a su líder con la daga corva, para luego disparar flechas al resto. Luego de cabalgar varias horas a ritmo acelerado se detuvieron ante lo que parecía una vegetación impenetrable y desviaba al camino original. En vez de continuar por la ruta, el primer jinete se dirigió hacía esa maleza, que prácticamente emulaba a un muro natural de árboles y ramas entrelazadas, tan frondoso que ni la luz podía penetrarlo, además de las grandes rocas que cubrían parte del suelo en declive. Condujo muy lentamente su caballo hasta, literalmente, pegarse a un árbol que inmediatamente precedía a otro de mayor envergadura y este a otros tantos más que bloqueaban la vista desde una corta distancia; y fue así que soldado y caballo desaparecieron. Detrás de este lo siguieron otros dos, luego uno de los escoltas, luego el general y tras éste el otro escolta y ahora era el turno de Elsniidor. Cuando se pegó al primer árbol, percibió un espacio estrecho entre éste y el próximo que era invisible y cuya oscuridad lo obligaba a continuar a ciegas, con el margen justo para la silueta de un caballo mediano; recordó en un momento a su fiel frisón, que se habría atascado irremediablemente en ese pasillo. Prosiguió así tras el ruido del jinete marchando delante, hasta que se hizo un poco de luz; árboles alineados a un lado y otro, formaban un túnel oscuro hasta una claridad brillante al final; cuando llegó a ésta, se abrió una enorme explanada artificial dónde ya los primeros habían desmontado. Era un espacio abierto de un tamaño considerable donde los caballos podían galopar a su máxima velocidad y en cuyo centro había estructuras convenientemente apostadas que simulaban situaciones de combate; bastante más alejado se apreciaba una edificación a modo de parador donde en su entrada había otros caballos aparcados. El general Agmadar Fazzart con la mano extendida en gesto de invitación hacia el leñador dijo: _ Bienvenido Elsniidor Kahir a nuestro centro de entrenamiento militar, alégrate pues es un privilegio para pocos, y además es costeado gracias a tus impuestos,¡ jajaja!...

Duddum Draznatabor no pudo reprimir en su interior una excitación que lo empujaba a desvelar todo su potencial soslayado hasta el momento. _ Señor, no puedo estar más halagado por esta invitación, personalmente creo has tenido la suspicacia de ver en mi añoranza, y de muy buena gana compartiré, aquí con vosotros, lo que mis habilidades me permitan...Ya que soy un hombre de acciones más que de palabras, y que mi adoctrinamiento no me permite transitar los entreverados caminos de la mentira, te ruego que luego de lo que hoy suceda aquí no me preguntes más de lo que mi voluntad exprese..._ El general, que estaba de excelente humor, simplemente respondió con otra carcajada. Acto seguido se dirigieron hacia el centro del campo donde habían varios troncos de diferentes alturas y grosor incrustados firmes en el suelo, y dispuestos también con diferentes distancias entre sí.

Entonces el general llamó a un soldado que se aproximó raudo al galope de un corcel magro pero extremadamente fibroso, de un color negro azabache cuyo brillo a los rayos del sol, podía encandilar la vista. Inexorablemente, este ejemplar hizo que el comandante añorara a su hermano de aventuras. _ Elsniidor, te presento a Bulgur Tudam, sin dudas, el mejor arquero del ejército real; nos hará una demostración de rutina que me gustaría, dentro de tus posibilidades, tratarás de imitar. _ Ante estas palabras, toda la concurrencia alrededor balbucearon palabras y sonidos de escepticismo,y hasta alguna escueta risa. El jinete, vestido del clásico uniforme militar pero sin protecciones en su hombros y brazos, a diferencia del resto de los soldados, hizo una reverencia al general y se posicionó de frente a los troncos a una distancia de más o menos unos doscientos metros. El general ordenó al resto retroceder unos cincuenta metros a la posición del arquero. Era un hombre de estatura media alta, delgado y fibroso como su caballo, su imagen infundía una sensación de velocidad. Inicio una carrera rápida desde el inicio en dirección a los obstáculos, cuando se acercó a éstos cambió la dirección para rodearlos, así dio una vuelta alrededor manteniendo la velocidad, cuando inició la segunda vuelta soltó las riendas y el animal no redujo ni incremento el ritmo, entonces arco y flechas en mano, comenzó a disparar a los troncos. Todos los proyectiles hicieron un blanco en común, cada uno en un tronco diferente y a la misma distancia comenzando desde su parte superior. Cuando cada tronco tuvo su flecha clavada en el punto deseado, sin haber fallado una, regresó sin más hacia la formación que aguardaba expectante. _ ¡Bueno, ha sido una gran demostración! _Dijo el general entre vítores. _ ¿Leñador, crees que podrás intentar algo parecido? _Puedo sí, pero no con este caballo de transportar leña ..._ Respondió Elsniidor, entre algunas risas socarronas de fondo. _ Tienes razón ...._ Respondió Agmadar Fazzart, y con un ademán se dirigió a Bulgur Tudam; éste desmontó enseguida y ofreció su caballo al leñador, y entre dientes le soltó con sorna:_ Ten cuidado de no marearte y caerte...leñador...

El comandante Duddum Draznatabor acarició el cuello del caballo y puso su frente sobre el hocico, pareciera que le susurraba algo, luego lo montó de un salto. Comenzó una carrera discreta que se extendió por varios minutos que aburrieron a los espectadores; luego aceleró y disminuyó la velocidad de manera intempestiva varias veces; después inició un zigzagueo brusco que despertó la atención de los presentes, ya que para realizar estas maniobras se requería una vasta experiencia además de afinidad para con el animal. Finalizado este extendido testeo, se puso en posición en el punto de partida que había fijado su antecesor y se lanzó a la misma carrera. Comenzó a disparar flechas que todas hicieron blanco a una palma de distancia, aproximadamente por encima o por debajo, de las que había acertado el arquero anterior. La gran diferencia que causó estupor en los allí presentes, fue que cada flecha que lanzaba el comandante, al clavarse en la madera, realizaba un estruendo considerablemente mayor al usual y provocaba un cierto pavor al entender que esos postes emulaban a personas; además de la profundidad con la que se incrustaban en la madera, hasta en un caso llegó a partir de cuajo uno de los troncos de menor grosor. Ya para ese momento, los observadores no salían de su asombro y excitación, pero Duddum Draznatabor, ensimismado en su personaje, decidió darles un bis...Detuvo al intrépido corcel en la localización antagónica al punto de partida original, nuevamente acarició el cuello del animal al son de tenues palabras, así durante un breve lapso de tiempo reparador, y se lanzó nuevamente a la carrera, pero esta vez no rodeando los obstáculos sino dirigiéndose hacia ellos de manera frontal y con gran rapidez. Cuando estuvo cerca de los pilares, como un flash desenvainó su célebre daga para arrojarla y clavarla furiosa en uno de los troncos más cercanos, fue un sonido seco e intimidante, y fue también el preludio de la Ópera a venir. Se adentró al galope entre los postes, sorteándolos con una audacia temeraria; a la vez que con una mano conducía al caballo, con la otra esgrimía el sobredimensionado mandoble con el cual golpeaba los postes una y otra vez, en una exquisita técnica de contrapeso e inercia. Para esto, ya la bélica puesta en escena estaba sonorizada con los gritos de euforia de todos los presentes; el General Agmadar Fazzart y el arquero Bulgur Tudam, incluidos. Y para rematar la faena, el comandante sofrenó al animal de manera abrupta, soltó las riendas y con sus dos brazos sujetando la pesadísima espada, giró su cintura escapular y asestó un golpe bestial sobre el poste más alto para seccionarlo en dos, cayendo la parte superior estrepitosamente sobre el suelo. Acto seguido, como quien termina de estibar leños, Duddum Draznatabor regresó con el grupo y preguntó al general cuál era la siguiente tarea.

_ ¡Elsniidor Kahir, eres increíble! No sé de qué infierno te has escapado, pero ciertamente me alegro de estar aquí contigo. Me ceñiré a la pauta de no preguntar como hemos acordado, pero evidentemente no eres de este mundo, y mucho menos eres un predicador de amor de Kahirea. Pues entonces continuemos con la fiesta..._Respondió Agmadar Fazzart.

Fue así que Duddum Draznatabor, el general Agmadar Fazzart y el séquito de militares se dirigieron hacia otro punto de entrenamiento. Recorrieron un par de kilómetros y llegaron a un barranco, un terreno plano y rocoso dividido por una grieta de unos diez metros de profundidad y otros veinte de ancho entre un lado y otro. Dos travesaños paralelos, con medio metro de distancia entre sí y a una altura de dos metros desde el suelo original, unían ambos puntos por encima del barranco. Algunos soldados que allí estaban, cruzaban la grieta colgados de esta estructura por sus brazos, avanzando y retrocediendo; los más osados tenían un arnés amarrado a la cintura para colocarse peso extra, en ese caso, rocas de diferentes tamaños. Sin duda era una prueba temeraria, ya que de flaquear fuerzas en medio del trayecto, caerían al vacío y ,como poco, se romperían algún hueso. Esta vez el mismo general Agmadar se dispuso a realizar la actividad, se posicionó por debajo de la estructura, se colocó unos guantes especialmente diseñados, se ajustó el arnés vacío, y de un salto se colgó de los travesaños. Inmediatamente, un peón que allí estaba para esa función, le cargó una roca de unos diez kilos al arnés y el general inició el recorrido, hizo gala de fuerza y temple ya que realizó el trayecto hasta el otro lado, siempre al mismo ritmo, sin detenerse ni inquietarse. Cuando llegó a destino, otro peón le descargó el arnés, y sin mediar inició el regreso exitosamente entre vítores y alabanzas. A continuación, Bulgur Tudam se dispuso para la misma premisa, pero a diferencia, no se cargó ningún peso extra y lo hizo a una velocidad encomendable, y en la mitad del regreso se soltó de un brazo y con este blandió su espada, lo que causó risas y expresiones alegres en los espectadores.   _ Elsniidor, si te apetece..._ Invitó el general Agmadar Fazzart a Duddum Draznatabor con un ademán de reverencia. Con su parsimonia característica, el comandante se dirigió hacia el punto de inicio, cuando el peón le proveyó los guantes, estos eran demasiado pequeños para sus enormes manos y a los cuales hizo caso omiso, debido a su altura no necesitaba saltar y se sujetó directamente. Cuando el peón le señaló las diferentes rocas a elegir para cargar al arnés, Duddum Draznatabor, ya colgado por sus brazos, con un movimiento sorpresivo y escalofriante, atrapó al peón con sus piernas por la cintura de éste y avanzó hacia el vacío. El peón ya sin suelo y petrificado por el miedo, se aferró a la pétrea figura del comandante. El ambiente se crispó a lo que el general Agmadar calmó con un gesto de su mano abierta en señal de espera, sin ocultar su expectación ante el hecho. El comandante, impasible, continuó su recorrido; cuando llegó a destino, en vez de liberar a su presa del terror a la que estaba siendo sometida, decidió iniciar el regreso en retroceso sin soltarse. Seguramente para el desafortunado peón la pesadilla era infinita. De esta manera, de espaldas a los presentes, el comandante regresó a su punto de partida; cuando llegó y liberó al hombre, éste cayó desmayado a lo que fue inmediatamente asistido. El general Agmadar Fazzart en silencio, detrás un murmullo generalizado y nervioso, hasta que luego de unos segundos el líder se expresó:_ Elsniidor Kahir, o como te llames,...¡eres de temer!_ Esta sentencia y una carcajada, rompieron el gélido ambiente de tensión, y todos explotaron en festejos.

La jornada transcurrió amenamente, todos estaban impresionados por las habilidades marciales del comandante, de las cuales expuso una amplia gama, muchas desconocidas para este mundo, otras similares, pero que al ser ejecutadas por él en persona, revestían un impacto mayor dada su condición sobrehumana. Sin duda, el más excitado era el general Agmadar Fazzart, que desbordaba de entusiasmo ante cada demostración compartida por este singular invitado. Ante la abismal superioridad, el resto de los militares se vieron forzados a resignar sus celos para trocarlos por irremediable admiración. Duddum Draznatabor, en su nueva faceta de hombre instruido en filosofía, teología y civismo entre otras, respondía con mesura y frases citadas a las cuestiones que estos espontáneos admiradores le planteaban, por supuesto sin extenderse más allá de lo que refiere estrictamente a la milicia; para otros inoportunos interrogantes les reservaba su característico silencio. La interacción fue muy satisfactoria para todos, el veterano comandante y líder Runita sintió fluir internamente las pasiones de antaño, un poco con añoranza y otro poco con nostalgia. Estas conjeturas lo mantuvieron reflexivo en el camino de vuelta. Todos permanecieron dos días en el campo de entrenamiento, el segundo casi en su totalidad fue destinado para el descanso y la recreación. Luego emprendieron el regreso, el grueso de los presentes hacia los cuarteles de ciudad capital y un grupo reducido hacia Kahirea para escoltar a Elsniidor Kahir, entre éstos estaba el mismísimo general Agmadar Fazzart y otros militares de alto rango.

Durante el recorrido se cruzaron con una comitiva proveniente de Tizea, una de las provincias más ricas y sofisticadas del reino, que limitaba con el mar y también con el infame desierto. Luego de realizarse las identificaciones de rigor, los delegados Tizeos informaron al general que se dirigían a ciudad capital para manifestar allí, ante el rey y sus autoridades, unos hechos tan trágicos como desconcertantes que habían sufrido en su provincia. El general Agmadar Fazzart, ya identificado y como máxima autoridad militar del reino se interesó de inmediato por el asunto y los exhortó a que le comunicaran in situ los detalles de la situación. Resultó ser que, misteriosamente, de una noche para el alba, el bibliotecario de la ciudad portuaria, su esposa y su ayudante, que convivían en la biblioteca, más una cantidad considerable de libros, desaparecieron sin más. Cuando la noticia cobró trascendencia se hizo eco de situaciones similares en dos provincias vecinas. Por lo tanto y por su gravedad les era imprescindible denunciar esto al rey. El general les abrió el paso para que continuaran su camino, les transmitió su preocupación y prometió tan pronto finalizara su diligencia, regresaria a la ciudad para iniciar las acciones correspondientes . Y sin más se despidieron formalmente.

Cuando el general Agmadar Fazzart, su séquito y Elsniidor, llegaron a Kahirea, el general ordenó escoltar al leñador hasta su hogar sin desviaciones. Luego, junto con sus lugartenientes corrieron raudos al encuentro de Diremeas Kahir. El viejo sabía que desde el episodio con el jabalí, más bien pronto que tarde, debería de dar explicaciones y sin evasivas metáforas. Cuando el líder provincial y el general mayor del ejército real se reunieron se produjo un extenso preámbulo de silencios, dedicado en su totalidad a la mutua lectura de rostros. Afortunadamente para Diremeas, el general Agmadar, además de ser un formidable militar era también un excelente estadista, fundamentado en el pragmatismo. Por lo tanto, el militar con sus objetivos claros abrió el diálogo:_ Diremeas, este ser al cual albergas en tu comuna, que obviamente no pertenece a nuestro mundo, y sabrá el supremo de donde los has sacado..., no podría ser menos compatible con tu doctrina y tu ideal de sociedad, "¡es un cactus entre gerberas"!... Y precisamente, nuestro gobierno central está ávido de cactus como éste. El rey Usufur Rakart, sustentador de la paz, ha tenido revelaciones divinas sobre futuras invasiones que podrían colapsar el bienestar y la armonía entre las diferentes etnias y sociedades del reino. Por lo expuesto, y de mi mano, se está concentrando en la empresa de formar un ejército de defensa para prevenir futuras calamidades. Y este hombre en cuestión es el paradigma del guerrero, tú no lo has podido ver desde tu perspectiva de paz. Posee la fuerza de varios, el temple de un dios y la pasión de quien ama lo que hace..._ ¡Ya no es esa persona, ese ha muerto sepultado por las arenas del desierto!_ El viejo interrumpió consternado. _ La carne, la memoria, el pasado de un hombre, pueden morir, pero no su alma; aunque éste se pronuncie con citas de filósofos y poetas del pasado, en su interior mora el fuego de Axarras (demonio de la guerra); deberías verlo a los ojos cuando blande su espada... Tu los has mejorado en tu intención, seguramente, y empatizo con tu decepción..._ Continuó el general ante la desazón de Diremeas, que siempre sabe más de lo que cuenta. _ Para concluir con tu pesar te propongo: Ceder de inmediato a la persona en cuestión a los servicios militares del reino, mudando a él y a su familia al cuartel general en el Palacio Real; y a cambio retributivo, sepultar y olvidar toda investigación respecto al paradero y pasado del leñador Elsniidor Kahir, más una deducción del diez por ciento de los impuestos totales para tu provincia por el tiempo en que éste sirva al ejército real. _Aunque sabes que soy un hombre de fé y no de negocios, puedo apreciar la generosidad de tu oferta, a lo que respondo que esa decisión no depende de mí, sino de él y su familia. _ Respondió Diremeas con el corazón roto, y solicitó únicamente la confianza del general para permitirle informar en persona de lo convenido a Elsniidor y su familia; a lo cual Agmadar, a sabiendas de la integridad moral del viejo, accedió confiado.

Esa misma noche Diremeas acudió a cenar al hogar de Elsniidor y Foebbe. Los anfitriones pudieron percibir que la presencia de su líder no se debía a una mera visita de cortesía ni de alegre rutina como se acostumbraba. El viejo hablaba por su boca de temas efímeros y recurrentes, propios de cualquier vecino, pero a la vez su mente ensayaba, pulía y volvía a ensayar el discurso a venir. Cuando Kholboo se excusó para dejar la mesa para iniciar su habitual lectura nocturna antes de dormir, el viejo apropincuo la situación para abordar el tema y comenzó:_ Seguramente ya habéis intuido que tengo que informaros de una cuestión de carácter preocupante; resulta que, como era de esperar, la trascendencia de tu persona, Elsniidor, ha traído sus consecuencias. El general Agmadar Fazzart, máximo representante del ejército real y el orden territorial, ha quedado más que impresionado por tus particulares habilidades, tanto así que en su obsesión por poseerte dentro de sus fines, no se detendría nunca. Afortunadamente es un hombre de bien y sensato y, lejos de imponerse por la fuerza, ha esgrimido sus razones con respeto hacia nuestra sociedad, basándose en cuestiones lógicas. Ha solicitado, lo que a su concepción es conceder un privilegio único, incorporarte a la élite del ejército real; para esto deberías mudarte con tu familia al mismísimo Palacio Real, donde esa rutina marcial que realizas abnegado diariamente después de tu ardua jornada de leñador, sería tu nueva labor remunerada, por explicarlo de alguna manera, aunque sé con certeza que entiendes más que yo al respecto. Además de beneficiar a toda nuestra provincia con una sustancial reducción de impuestos por el tiempo que tu te desempeñes allí. A todo este planteamiento yo he accedido alegando la libertad de decisión que esta familia tiene, como todas las de nuestra comuna..._Cuando el comandante Duddum Draznatabor esbozó una respuesta, Diremeas cambió la dirección de sus palabras:_ Foebbe,¿tú que opinas?... _Foebbe, que no sabía hablar de otra manera que no fuera desde su corazón, sin necesidad de especular ya que poseía una habilidad innata de ver a el interior en los demás respondió:_ Diremeas, sabes que le conozco (refiriéndose a Elsniidor) y que porque le conozco, justificadamente le amo. Confío en él, especialmente en lo que concierne a su devoción por el bienestar de nuestra familia. Es un hombre que se ha transformado prodigiosamente en otra persona en búsqueda de una mejor condición espiritual especialmente para contentarnos a todos. A veces puedo ver que su alegría y plenitud tiene una pequeña pérdida, no quisiera que ese goteo crezca a un río. Creo que esta historia tiene un protagonista principal y otros secundarios, al menos en este capítulo...y por esto seguiré la decisión de mi amado esposo... Estas palabras de elocuencia preocuparon al anciano líder y calaron dramáticamente el alma de Elsniidor, que al inicio lució activo y ahora fue engullido por el silencio; ésta fue la intención de Diremeas desde un principio.

De revelaciones y profecías

Diremeas continuó cayendo en un tono más solemne aún. _ Podéis percibir en mi semblante que llevo una carga extra con el peso del secretismo, un secreto que os develaré ahora porque las circunstancias me obligan y espero no equivocarme... Elsniidor tu has sido líder de una sociedad y como tal sabes que para legitimar esa condición debes tener el contacto recíproco con el Supremo, es una bendición que el provee y quita a su voluntad, en tu caso, él calló en el desierto. En mi caso, el comenzó a manifestarse sutilmente en mi juventud, cuando mi padre, miembro del consejo y mano derecha de nuestro líder anterior, me instruía para ser iluminado. De esta manera, con el tiempo yo fui transmitiendo estas revelaciones a mi padre y por ende al consejo y al líder, en cada cuestión de relevancia que surgía, y éstas en su mayoría se encauzaron favorablemente. Fue así que una vez, mi padre, ya anciano y cansado, abdicó su cargo en el consejo en mi favor. Ese día sentí la extraordinaria alegría del Supremo en mi interior, y exactamente la misma, cuando el consejo, tiempo después, me nombró líder de los Kahireos. Las voluntades de nuestro señor para con nuestra gente se me presentan sutilmente, a veces de manera enigmática, para que con los conocimientos transmitidos por nuestros ancestros, yo pueda descifrar y accionar. Y no existe una confirmación expresa, sino el simple resultado mismo de los hechos. Pero una revelación es algo muy diferente, es un pensamiento específico que se aferra a la mente, una misión a cumplir, un barco en una tormenta al que se debe llevar a buen puerto, un destino pautado por una fuerza superior..._ Se denotaba que el viejo estaba danzando en el preludio de su discurso y le estaba costando avanzar hacia su idea, presumiblemente por el peso del contenido, pero continuó. _ Unos pocos años antes de que se hallara a Elsniidor sepultado bajo la fina arena del desierto, el Ser Supremo me bendijo con su revelación. Un hombre impuro de etnia pero de linaje real, se alzaría desde un lugar de amor y humildad, para guiar al mundo hacia la confluencia de otros mundos. Yo sabría detectarlo y debería acompañarlo en su mandamiento. Si bien el mensaje fue corto y claro, su sentido parecía imposible de desentrañar, lo cual me sumió en una pesquisa que me mantuvo desorientado hasta el encuentro de las primeras palabras contigo Elsniidor. _ La excitación se apoderó del ambiente de manera precipitada, la actividad mental, tanto de Elsniidor como de Foebbe, se aaceleró, traduciendose en pensamientos fugaces que crecían desordenados tratando de encajar coherentemente dentro del relato, pero el vértigo lo impedía. Diremeas no dio lugar a la interrupción y prosiguió. _ Foebbe, como tú sabes, tu madre murió en tu alumbramiento. Abandonó este mundo sin develar la identidad de tu padre. La comarca se solidarizó con ese secreto, ya que creyeron que era un acto de despecho ante un amor no correspondido o a una situación impropia. Yo me propuse como tu instructor personal, como hoy lo soy de tu hijo, un lujo amparado en la particularidad de ambos casos. Pero ninguno de estos hechos en realidad correspondieron a un orden fortuito sino que responden a un plan trazado y pautado en base a esta revelación divina, a nuestra profecía...Foebbe, mi bella y siempre amada, yo soy tu padre, y no por casualidad sino por voluntad, y tu fruto Kholboo Kahir por lo tanto pertenece a nuestro linaje real, y a la vez es descendiente de una etnia ajena a nuestro mundo...Tu bienaventurado hijo es el protagonista de nuestra profecía, es mi tesoro más cuidado, nada me importa más que guiarlo hacia su destino. Esa es la voluntad de nuestro Dios..._ El silencio se sobrepuso a todas sus intenciones. Lágrimas sin llanto brotaron de los desconcertados ojos de la purísima Foebbe, el gélido semblante de Elsniidor parecía derretirse, y el viejo Diremeas quedó exhausto, lucía más anciano que nunca, como si su personalidad hubiera expirado y allí dejara su envoltorio vacío y arrugado. _ Entonces os ruego que la decisión que toméis respecto a la inclusión de Elsniidor en el ejército real y su consecuente traslado a la ciudad capital, contemple en todos sus aspectos la trascendencia de lo que hoy os he narrado aquí. Sois parte de mi y confío en vosotros. _ Con estas palabras y un rictus que imitaba una sonrisa, el anciano líder se despidió, apesadumbrado como nunca se lo había visto, desapareció en el mutismo que allí el mismo había levantado.

Luego de asimilar los hechos, o al menos haberlo intentado, la pareja comenzó un diálogo que se extendió durante gran parte de la noche. Elsniidor se mostró apresuradamente gentil alegando que podría olvidar todo el asunto y continuar su vida tal cual y como estaba antes conocer al general Agmadar. Pero Foebbe era una persona que desbordaba en percepción y sensatez, y se opuso en primera instancia hasta no antes de evaluar todas posibilidades y sus variables. Ella sabía que tenía un esposo feliz pero incompleto, además había nacido en tiempos de paz donde el ejército era el artífice para esto. Si bien la comarca era cálida, pero por su condición de huérfana en muchas ocasiones se había sentido sola, hasta la llegada a su vida de su esposo y de su hijo. Todos estos matices y tantos otros fueron coloreando la decisión hasta llegar a un punto de mutuo acuerdo, que no sería el definitivo hasta la opinión de su hijo Kholboo, que dormía alegremente. A la mañana siguiente, los padres ya descansados, plantearon toda la situación y su correspondiente decisión a su hijo. Por supuesto, ocultando prudentemente todo lo relacionado con el protagonismo de este como pieza fundamental del dilema, y todo lo referente a la revelación y su profecía. La decisión contemplaba que Elsniidor aceptara el honorable ofrecimiento que tanto entusiasmo le provocaba, se mudaría al mismísimo Palacio Real; Foebbe, como su devota esposa lo acompañaría en la empresa y Kholboo permanecería en Kahirea, bajo la tutela de Diremeas durante los tiempos de instrucción, y en los tiempos de recreo, los pase junto a sus padres en la Ciudad Capital. El muchacho, ante esta avalancha de novedades, pasó por varias emociones y todas positivas (su padre ,el humilde y mesurado leñador era invitado con honores a formar parte del mismísimo ejército Real; él , un mozuelo de una provincia granjera podría pasar sus tiempos de ocio en la capital del Reino, en el Palacio Real!), no pudo evitar sentirse excitado y orgulloso, y por lo tanto hacerse a la idea de muy buena gana. En apariencia la aceptación de Kholboo parecía precoz, pero el pre adolescente, en proporción a su edad, era el más sesudo de la familia.

Diremeas Kahir, al recibir la noticia sobre la decisión familiar, respiró aliviado y complacido, no pudo dejar de sentir orgullo ajeno dentro de su alegría. Sentía como que todas las piezas del puzle divino iban encajando perfectamente. Lentamente fue recuperando su mesura y templanza habitual. Fue expeditivo y envió sin mediar la respuesta al general Agmadar Fazzart, y con la misma celeridad éste respondió agradecido que ya estaba todo dispuesto para recibir a Elsniidor y su esposa. No hubo una despedida melancólica ni sentimientos grises, todo se manifestó en el orden de la expectación. Todos los protagonistas, de una u otra manera, se hallaron a sí mismos en el primer peldaño de la escalera, con la motivación de ascender hacia un futuro de ventura. La postal reflejó el carruaje de la pareja, perdiéndose en el camino boscoso, ante la mirada confusa del niño, siendo arropado por el anciano.

La milicia

Foebbe nunca había salido de su provincia, y con poca frecuencia, de su comarca rural. Elsniidor perteneció a una sociedad nómada de rotación temporal, donde sus hogares se montaban y desmontaban frecuentemente. Por lo tanto, ambos dos no salían de su asombro a medida que el carruaje se iba adentrando en la ciudad capital. De pronto el camino de tierra que los mantuvo danzando durante el viaje, se alisó al igual que todos los otros que lo cruzaban, parecían cubiertos por piedra blanda, y las ruedas como las herraduras de los caballos producían un sonido que en su rareza resultaba romántico. De a poco el paisaje se fue poblando con casas construidas de piedras y otros materiales rígidos, como las que Foebbe había visto en las ilustraciones de los libros y Duddum en misiones espías de su pasado. A Elsniidor le llamó particularmente la atención el incremento de la velocidad del transporte sobre estos suelos, y no pudo evitar conjeturar sobre tiempos y distancias. Sin embargo Foebbe reparó en cuantas veces debería saludar por las mañanas si una de estas coquetas casas sería la suya. Pero el carruaje no se detuvo por ese barrio sino continuó, mientras las sombras a ambos lados crecían más y más. Las casas pasaron a ser grandes edificaciones y los rayos solares rebotaban solamente en las alturas. De pronto los edificios desaparecieron para dar lugar a dos gruesos muros laterales de roca sólida apilada que escoltaban al camino. Se alzaban hasta unos diez metros desde suelo y sobre estos se apoyaban unas garitas distanciadas entre sí donde soldados perfectamente uniformados vigilaban el tránsito. Así hasta que llegaron aún portal enorme e imponente que interrumpió la vía. Arqueros arriba, soldados abajo con algunos caballos de batalla, controlaban intimidantes la entrada. El vehículo se detuvo procedente, el acompañante del conductor hizo unas reverencias y enseñó unos documentos que fueron escudriñados por un soldado gordo y entendido que expeditivo índico abrir el paso. Ahora el camino ladeado de altos y fuertes muros custodiados, comenzó a soterrarse para convertirse en un túnel, presumiblemente, bajo agua e iluminado por farolas de aceite. Foebbe no pudo evitar atemorizarse, por el contrario Elsniidor estaba perplejo de interés. El túnel tímidamente comenzó a elevarse para regresar a su condición de camino y abandonando la oscuridad atrás se hizo la luz, la claridad que regalaba el sol permitió apreciar que efectivamente el trecho recorrido bajo tierra dejaba atrás un hermoso lago, a modo de circunvalación para mantener aislada esta nueva parte de la anterior. Habían llegado al territorio que correspondía al Palacio Real del gran Rey Usufur Rakart, precisamente a una coqueta villa de cara al lago y de espaldas al imponente edificio, donde en bonitas casas, todas similares y bien delimitadas, con jardines y chimeneas, residían todos los afectados al ejército Real. Allí, en una de esas casas de piedra viviría la pareja por el tiempo que Elsniidor sirviera al ejército. De hecho el cochero se detuvo en la entrada de una, casi al final de la urbanización y más próxima al palacio. Foebbe al intuir ,lo que en breve le confirmaron, que esa construcción tan sofisticada en comparación con su choza de Kahirea, sería su nuevo hogar, tuvo que esforzarse por no llorar de emoción. Elsniidor, en vez, se sintió feliz...por ella. Él tenía otras premisas en su interior.

El chófer les ayudó a descargar sus pertenencias y se marchó, indiferente a la revolución personal de la pareja, que ante tanto por delante se mareó. Un sentimiento de prisa, pero en diferentes direcciones, los desbordó, metieron esas pocas cosas que trajeron en la casa con la velocidad de quien esta robando. Una vez dentro, ya con el cobijo que la intimidad permite, se relajaron un poco y percibiendo, el uno del otro, el agobio de la situación, optaron por desacelerar las acciones y calmarse mutuamente.

Unas horas más tarde, un soldado llamó en la puerta de la vivienda, traía noticias. El general Agmadar se excusaba de no recibir a Elsniidor en persona, debido a que estaba afectado a la misión de investigar las desapariciones que han venido sucediendo a lo largo del límite con el desierto. Pero en cuanto regresará activaría, él en persona, a Elsniidor a las funciones planeadas, mientras tanto éste podría gozar de ese tiempo como ocio. Al día siguiente, tímidamente, la pareja salió de la casa para recorrer la villa. El lugar era muy ameno y en el horario que los soldados regresaban de sus funciones se tornaba muy concurrido. A lo largo de una calle, considerada principal, había diversos comercios de menesteres de primera necesidad, y al final de esta se hallaba un sitio destinado al relajo de los soldados, donde allí estos se reunían y distendían lejos del rigor y las formalidades que la milicia exigía. Cuando la pareja pasó por el lugar, un soldado que había estado en la campaña de entrenamiento, reconoció a Elsniidor de inmediato y salió del recinto para saludarlo, resulta que el comandante ya era una celebridad entre los soldados, que de boca en boca, habían pasado tiempos comentando las proezas de tal inédito personaje. Elsniidor, como era característico en él, respondió al saludo sin descortesía pero apáticamente, y también rechazó la invitación a entrar excusándose que debía acompañar a su esposa, lo cual era cierto pero no concluyente, sino su personalidad distante. El joven soldado no reparó en la desestimación y tosquedad del comandante, más bien lo interpretó propio y preestablecido de un personaje tal. Foebbe sintió una cierta complacencia por la situación, que no se traducía en orgullo, ya que desconocía exactamente la razón de la admiración que provocaba su esposo en estos militares (motivo también que les había cambiado la vida radicalmente). Si bien Elsniidor no le había mentido u ocultado nada de su pasado y presente, ella tampoco había indagado mucho de cosas que no querría oír.

El general Agmadar Fazzart se presentó en la vivienda de la pareja, rodeado de su séquito, puntual a la hora que se había anunciado. Elsniidor lo estaba esperando en la entrada sin impaciencia pero expectante. El anfitrión y jefe, traía con entusiasmo y a modo de obsequio para el comandante, un corcel, que en envergadura no se podía comparar al malogrado frisón amigo de Duddum Draznatabor pero se denotaba que era un ejemplar formidable. El saludo entre ambos fue respetuoso y austero, ya se estaban comunicando de la manera a proseguir, oficial. _ Elsniidor, trae todo tu equipamiento de batalla, armadura incluida. Lo enviaremos a nuestro taller para analizar y modificar nuestras armas en los casos necesarios. Hoy se te proveerá de uniforme oficial y todo lo necesario. _ Elsniidor Kahir, asintió en silencio con la cabeza, hacia mucho tiempo que no recibía órdenes ejecutivas, preparó todo y montó el caballo, y todos partieron hacia el cuartel general. Recorrieron sin prisas los más o menos tres kilómetros que distan de la villa al cuartel, siempre dentro del perímetro amurallado del palacio. El recinto miliar estaba compuesto por un campo de entrenamiento, similar al del bosque pero bastante más pequeño; un taller, donde se fabricaban las armas, armaduras, monturas, herraduras y todo lo relacionado al equipamiento; un vestuario para el antes y después de la jornada; y por último, un edificio denominado la casa de mando, donde se celebraban las reuniones y donde se albergaba el despacho del general Agmadar Fazzart. Al llegar, el general dio las ordenes para el inicio de tareas como era habitual y condujo a

Elsniidor hacia la privacidad de su oficina, y ya allí le espetó:_ Elsniidor, tu presencia aquí, como miembro del ejército que comando, me colma de alegría y expectación. Mi persona en nombre del Ejército Real, no tiene la intención de modificar nada en tu proceder marcial sino todo lo contrario, es mi intención nutrir de tus atributos hasta el último peón de infantería. Con lo que has demostrado es suficiente para mi entender que provienes de un ente superior a nosotros en lo que respecta al arte la guerra, e intuyo que solo he percibido una gota de la tormenta, pero mantendré mi promesa de no indagar. Estaré complacido en el final del proyecto cuando cada soldado refleje un atisbo de ti en el campo de batalla. Por lo tanto, a partir de hoy ostentaras el cargo de capacitador en jefe y responderás solo ante mi y el Rey. Entenderás que este nombramiento despertará recelos en algunos pero, al tanto de tu formación cívica, confío en que sabrás lidiar con esas situaciones. Serás consultado por todo y participarás en todo a lo referente. Cuando se presente el momento de la batalla conservarás una posición fuera de la fricción del combate ya que tu vida en particular es la que sustentará la mejor acción para tantas otras. Sin extenderme más te invito a que te expreses....._ Elsniidor había escuchado atentamente cada palabra sin inmutarse en ninguna expresión, lo que a su entender era una muestra de profundo respeto y cuando llegó su turno respondió escuetamente:_ Agradezco mi general todas tus consideraciones de y hacia mi persona, y trataré de complacerte desde mi sangre...pero si no podré empuñar mis armas en el calor del combate, te ruego me reserves un lugar en el primer carruaje de regreso hacia Kahirea..._ El general Agmadar, involuntariamente, abrió tanto los ojos hasta que la iris quedó aislada en el blanco, permaneció estupefacto unos pocos segundos y luego rugió una estruendosa carcajada...

Los dos hombres permanecieron horas deliberando de todo lo relativo a estrategias de combate, armamento, posiciones en la batalla, indumentaria etc...El general estaba paladeando todas y cada una de las exposiciones del comandante Duddum Draznatabor, no dejaba de salir de su asombro, particularmente por el hecho que este hombre desde lo rudimentario proporcionaba soluciones tácticas a todas las posibles variables adversas, tanto en un combate individual como en un campo de batalla así como en una guerra de naciones arrastrada a través del tiempo. Era deducible que tantas respuestas procedían de una vasta experiencia pero en dónde? No querría traicionar su conducta con un infantilismo preguntando, y prefirió conformarse con su hallazgo y permanecer conjeturando. Alguna vez en su desbordante idolatría consideró el seno de los dioses como un posible lugar de procedencia para este fantástico personaje. En todos los conceptos vertidos sobre la gran mesa de deliberaciones del despacho del general, por parte de Elsniidor Kahir, brillaba siempre el pragmatismo, y otro entender más oscuro, que inquietaba y a la vez seducía con culpa desde el morbo al excitado general, esto era el, siempre y constante, desprecio por la vida propia y ajena...

Luego de entenderse en lo teórico, ambos partieron para extenderse a lo práctico. Elsniidor fue presentado ante todo el ejército allí convocado. Algunos que no lo conocían permanecieron escépticos ante su nombramiento y su creciente leyenda, otros, testigos de sus habilidades y creyentes ilusionados, reaccionaron alegres y entusiasmados. Poco tardó el gran comandante en convencer a la mayoría, cuando en una práctica empuñó "su lanza" (particularmente más grande y pesada que las reglamentarias) y la lanzó desde una distancia de unos setenta metros hacia un carro en movimiento, donde no solo acertó con el disparo sino que también lo destrozó.

Así pasaron unos días, de dramáticas demostraciones a soldados desmayados por el rigor de la exigencia. En uno de los reportes periódicos de Elsniidor a su superior el general Agmadar, en un ambiente cómodo y relajado, el Kahireo preguntó: Mi general, por qué tu administración está enfocada tenazmente en el progreso del ejército como arma si el reino lleva décadas abogando por la paz, y con muy buenos resultados? _ Estimado Elsniidor, hablas poco y preguntas menos, y eso es muy cómodo para mi como superior, pero cuando lo haces…tienes la misma puntería que con tus flechas. _ Respondió el general un poco contrariado mientras se incorporaba hacia el mueble donde descansaba su cartografía, cogió un mapa y lo desplegó debajo de sus narices. _ Presta atención, como sabes este triángulo de tierra que linda con el mar y el más allá en dos de sus lados, es la provincia capital, punta de flecha donde comienza el reino…_ Señaló apostando su dedo índice sobre la figura de punta adentrada en el océano. _ Desde aquí se gobierna todo el reino, y por medio de supervisiones, reportes y otros controles se tiene un conocimiento general de todo lo que acontece en toda su periferia, hasta en los puntos más lejanos, aquellos que limitan con el desierto. Pero dada la característica particular de esta provincia que en dos de sus tres límites está solamente el mar, poco se sabe de lo que aquí sucede…_ Por la carencia del entusiasmo habitual con que el general se expresaba, se podía percibir que el relato se dirigía a un desenlace poco feliz. _ Lo cierto es que los ataques y saqueos por parte de los Dalaineos (gente del mar) están siendo cada vez más frecuentes y más organizados. Esto nos está costando grandes esfuerzos para justificar la merma de nuestras riquezas para con el reino en su conjunto. Además el Rey teme una invasión más allá del robo sino un posible intento de conquista…_ Dalaineos?_ Preguntó Elsniidor, involuntariamente en una respiración _ Sí, esos demonios que Dios sabrá con que conjuros y magia han logrado sobrevivir a la furia del mar y vivir en ella. No se les conoce tierra, sus cabellos están desteñidos por el agua salada y el sol, son bárbaros sin religión ni escritura, aprenden y evolucionan de lo que roban, el más pequeño debe ser de tu talla que eres uno de los más grandes de nosotros, y poco más te puedo contar, solo que siempre han estado allí…en el agua. _ Duddum Draznatabor había escuchado algo parecido a estos saqueadores en su juventud cuando los exploradores Runitas regresaban de sus misiones espías. Eran un problema en todos los puertos del mundo conocido, atacaban con furia y precisión, robaban y desaparecían en el mar, lo hacían en días de grandes tormentas y ni las naves más sofisticadas de Razud Menekaner les podían les podían perseguir. En aquel tiempo esta historia había cautivado la atención del joven guerrero que soñaba con crudas batallas y enemigos monstruosos donde pudiera vengar mil veces la muerte de su padre y alzarse con victorias imposibles…Pero la amenaza estaba más cerca de lo qué él creía, menos fantástica y más lapidaria, el avance y asedio del creciente Imperio Menekaner. _ Por esto debemos optimizar nuestras defensas con un cambio radical y en el próximo ataque aplastar categóricamente a estos salvajes para que desistan definitivamente de regresar! Y apuesto ciego que tú serás el artífice de esa victoria!_ A pesar de la excitación con la que el general articulaba sus palabras, la atención del comandante se había bifurcado hace rato, un antiguo brillo comenzó desperezarse en sus ojos anunciando el reinicio de algo aparentemente placentero….

La rebeldía de Utorh Golbag

Entre los murmullos escépticos a las aptitudes del leñador Kahireo, Elsniidor Kahir, para ostentar tan alto rango en el ejército, se destacaba el de Utorh Golbag y sus seguidores. Utorh, un soldado de bajo rango que, literalmente, era un gigante de dos metros y treinta centímetros, había participado activamente en las tres últimas invasiones de los Dalaineos, matando a tres de estos y luchando es desventaja numérica. Así se ganó una congratulación rubricada por el mismísimo Rey, y la admiración de varios de sus pares que no perdían oportunidad de idolatrarlo en cada celebración. Esta mole de carne y hueso pertenecía a una de las provincias del Este, particularmente a la que provee toda la madera del reino. Son regiones duras al pie de las montañas que poseen frondosos bosques de árboles altísimos. Allí los inviernos cubren de blanco toda la geografía y todas las labores se tornan muy ásperas, devengando en sus habitantes una fortaleza superior al común y una capacidad aeróbica formidable. A estas cualidades físicas naturales, a Utorh se le agregó una patología de híper crecimiento ya desde temprana edad. Una ventaja que su padre, leñador y maderero, no se le podía escapar, y en vez de velar por las cualidades intelectuales de su hijo, lo puso a trabajar a doble jornada y en las zonas en que los trabajadores de la competencia no podían operar debido a las inclemencias del paisaje. De esta manera el joven coloso transcurrió su adolescencia y temprana juventud, hasta que un día, en una entrega de madera para una construcción en el cuartel general del ejército, el general Agmadar Fazzart lo descubrió. Lo observó desde su despacho por un tiempo prolongado y pudo apreciar como el joven realizaba la tarea de tres hombres en el mismo tiempo, sin ser la velocidad su cualidad fundamental sino una fuerza brutal. Entonces, automáticamente razonó que también podría luchar por tres soldados...El general pagó una importante dote al codicioso padre y lo incorporó al ejército.

Con la llegada de Elsniidor Kahir, las comodidades que poseía el bueno de Utorh Golbag comenzaron a declinar. La obstinada disciplina impuesta de manera inapelable por parte del comandante, particularmente en las rutinas de ejercicios y alimentación, no cuadraban con los hábitos del laureado soldado. Sin bien en teoría éste podría luchar por tres, se aplicaba el mismo común denominador para la comida, el descanso y la juerga, pero no así para las responsabilidades de cara al rigor de los entrenamientos. En los simulacros de batalla, unos cuantos empujones y varios de sus pares desparramados por el suelo, lo habían mantenido relajado, descansando sobre su índice de popularidad. Lo cierto es que nadie se había propuesto en esmero para derrotarlo o poner en evidencia su torpeza y lentitud en alguna práctica. . Pero bajo la ardua capacitación al cruel estilo Runita donde se ponderaba el hambre de supervivencia y siempre traspasar los límites propios, la permisiva voluntad de Utorh flaqueaba tan frecuente como lo eran las antipáticas llamadas de atención de su Capacitador en Jefe. En una oportunidad, en un ensayo para la maniobra de desmontado seguido de tiro con arco, la exagerada figura del ex leñador, no solo no pudo atinar con el disparo, que sería comprensible, sino que rodó pesadamente por el fango despertando algunas tímidas carcajadas entre los presentes. En otra ocasión, dónde un soldado de bajo perfil pero obediente a la nueva doctrina, en una práctica de esgrima por pareja, con sus reglamentarias espadas de madera, en un ágil esquive ante la denotada lentitud del gran Utorh Golbag, asestó a este un golpe en su tobillo que lo hizo trastabillar y caer bajo las miradas incrédulas de los participantes que automáticamente simpatizaron con estas innovadoras técnicas. Ambas situaciones provocaron la sed de la discordia. Los aduladores de Utorh, camuflados detractores al régimen de Elsniidor y a su estampa, apuntaron sus afiliadas lenguas hacia el incómodo y flamante capacitador. Fue muy fácil para estos someter el raciocinio del ofuscado y maleable soldado, que de ser hostigado por su propia sangre, en poco tiempo había pasado a acomodarse a las bondades de una vida exitosa, y de repente... estaba lidiando con esta incomodidad con nombre y apellido. Los susurros se transformaron en gritos dentro de su cabeza, tanto así que había perdido la poca concentración que ahorraba. Elsniidor, inalterable, le repetía las instrucciones las veces que hicieran falta hasta completar la rutina, pero un día los quejidos y gruñidos se hicieron voz, alta y clara: _ Estoy harto de estos juegos de niños, de estas acrobacias de circo, soy un soldado, un guerrero! He olido la sangre del enemigo en mi cuerpo! Quién eres tú, Kahireo del amor y la paz, para enseñarme nada? _ Increpó, ya sin norte, un ofuscado Utorh Golbag a su superior con una pregunta sin lugar dentro del código militar. Elsniidor Kahir, taimado, lo miro fijamente sin expresión y sin mover un pelo, guardo un propuesto silencio, sabía que esta acción tendría dos posibles variables sobre las voluntades del subordinado: podría recapacitar y desistir, o envalentar e incrementar su embestida. Desafortunadamente la mesura no era una de las cualidades de este soldado, y continuó:_ Tus logros son solo trucos de práctica, en un campo de batalla aplastaría a tres Kahireos como tú con unos pocos golpes! _ Elsniidor reparó por un momento que, precisamente, estaban pisando un campo preparado para la batalla..._ Exijo mi derecho de dirimición del régimen militar! _ Exhortó Utorh a Elsniidor sin entender muy bien lo que clamaba...o tal vez parafraseaba. _ Ese derecho está contemplado para resolver situaciones únicamente entre soldados pares, no entre superiores y subordinados. _ Respondió Elsniidor tranquilamente. Ante la falta de articulación verbal del confundido Utorh, un soldado desveló su posicionamiento gritando:_ No así cuando el superior acepta la moción!_ Por primera vez, Elsniidor cambió la dirección de su mirada. _ A menos que, " el superior " no esté a la altura del desafío!... _ Gritó otro soldado y Elsniidor volvió a cambiar el curso de su mirada. Y entonces Utorh remató la faena socarronamente : _ Sí!!!_ Elsniidor asintió, no tanto por convicción sino tal vez más por aburrimiento, e indicó a un sargento realizar los preparativos como mediador.

El derecho de "Discrepancia" del estatuto militar contemplaba la posibilidad de un soldado a resolver sus desavenencias con otro por medio de combate singular, con armas reglamentarias a elección y en suelo marcial, para esto se necesitaba un mediador de rango superior a los litigantes.

Mientras se preparaba la disputa la noticia se esparció hasta el último rincón del cuartel, y por supuesto también llegó a oídos del mismísimo general Agmadar Fazzart quien raudo decidió apersonarse en el lugar afín. Esta situación lo inquietó bastante, ya que era única en la historia de este ejército, nunca un superior se había batido a duelo con un soldado, simplemente la autoridad dictaba las órdenes y el subordinado las cumplía, de lo contrario este último sería expulsado de inmediato y en deshonor, y si el caso se agravase éste también sería pasible de aprisionamiento. El general entendió que debía proceder cauto para conservar el orden general y afino sus sentidos de cara a la cuestión. Cuando llegó al predio apartó a Elsniidor Kahir para dialogar en privado. _ Elsniidor, sabes que confío en ti plenamente, incluso más que en mi mismo para estos menesteres pero en esta situación...no percibo más pros que contras..._ Expresó humildemente el general a lo que Elsniidor respondió:_ No te preocupes, es una situación más que no contempla balances y que, a mi entender, debe ocurrir. Además para tu tranquilidad está todo amparado por las leyes del estatuto, por lo tanto debe de proseguir. _ Con esta respuesta y una reverencia el comandante Duddum Draznatabor dio por concluida la conversación y regresó al lugar de celebración. Allí lo esperaban el enorme Utorh Golbag dentro de su armadura, el sargento mediador y el escribano, encargado de transcribir los hechos al detalle. El sargento preguntó a Elsniidor cuál de sus armaduras debía encargar al escudero, y este respondió que ninguna, ya que prescindiría de su uso, lo cual caldeó el ambiente y preocupó más al expectante general Agmadar. El escudero desplegó sobre un mueble improvisado cubierto por paño rojo vivo, una serie de armas, todas construidas en madera. Esto llamó gravemente la atención de Elsniidor de manera peyorativa, no soltó una carcajada porque era él, pero cualquier otro Runita en la misma situación lo hubiera hecho. _ Devolved estas armas, esto no es un entrenamiento ni un juego. Yo usaré una de mis espadas y mi contrincante usará la que el prefiera de entre las suyas..._ Ordenó severo el Capacitador en Jefe. _ Pero señor, éstas son las armas reglamentarias para esta ocasión..._ Respondió tímidamente el mediador. _ Por el cargo que se me ha concedido tengo la potestad de reformar, anular e innovar todo lo referente a indumentaria y armamento en este ejército..._ Sentenció Elsniidor Kahir. El sargento bajo la mirada y la apuntó hacia el escribano, éste conmovido como todos los presentes miró inquirente a tres comandantes del séquito del general Agmadar que se hallaban juntos, estos miraron desorientados a su superior; el general, profundamente consternado y después de unos interminables segundos, asintió con un ademán para proseguir. Entonces el sargento mediador ordenó al escudero solicitar las preferencias de los duelistas. Utorh no comprendía muy bien que estaba sucediendo pero tras la asistencia de uno de los suyos, primero empalideció, luego de digerir la novedad pidió por su mandoble, era el más grande, hecho a medida y solo él podía blandirlo. Por el contrario, Elsniidor optó por una espada pequeña de su menaje, levemente curvada y ensanchada hacia la punta, que con frecuencia se lo veía afilarla con paciencia y esmero.

Cuando las preparaciones estaban finalizando y a sabiendas de que la sangre hermana correría, Agmadar Fazzart alzó su voz:_ Como autoridad máxima del ejército me siento en el deber de impugnar este acto, un acontecimiento de tamaña importancia donde la vida, con todo lo que este concepto implica, está en riesgo, el rigor máximo de la ley debe aplicarse al detalle..._ Por un momento sintió que estaba traicionando a su mano derecha, quizás por debilidad ante lo trágico pero esta vergüenza no lo reprimió, sencillamente no comprendía el porqué de convocar a la muerte sin la presencia de un enemigo...y prosiguió: _ ...y ésta exige que el mediador de la contienda ostente un cargo superior a los contendientes, y este no es el caso..._ El lugar se atiborro de palabrerías, el escribano asintió y las autoridades militares guardaron un silencio de respeto y consentimiento. El morbo del común se adormeció por un momento y espabiló de repente cuando las palabras de Elsniidor aplastaron el murmullo: _ Mi señor, tu intervención es correcta y la agradezco, y me excuso por mi desidia. Y correcto también es para esta situación que los litigantes escojan al mediador honrando a éste con tan importante responsabilidad. Por lo tanto es para mí una asignatura moral obligada nominarte como el más excelso mediador para velar por nuestras vidas..._ Se impuso en el aura un mutismo arbitrario para la reflexión. Ante la indecisión, el escribano actuó de oficio y preguntó a Utorh Golbag por su consentimiento, éste, ya fagocitado por la ansiedad, asintió. Y luego, ya cansado, asintió el general para definitivamente dar comienzo al acto.

Los dos hombres enfrentados en el centro del campo sobre un suelo de tierra seca y leve arenilla, los demás a una distancia prudencial de acuerdo a sus funciones. El comandante Duddum Draznatabor, inexpresivo, miró a los ojos de su rival y con un tono docente lo alcanzó con unas palabras inaudibles para los demás: _ Inexorablemente hoy morirás, pero ese viaje será en vano si lo haces desde la ignorancia...encomiéndate a la reflexión mientras sucede. _ Utorh Golbag lo escuchó sin entenderlo. Ya hacía unos instantes que estaba calentando sus pasiones desde su interior, como enrollando una madeja de hilos de fuego, dentro de su pecho para estallar hacia afuera en cualquier momento. Sus músculos atestados de testosterona y adrenalina se contraían y des contraían dentro de la armadura en la postura "Guardia del Unicornio ", (cabeza gacha con el mentón pegado al pecho, las piernas levemente flexionadas con la izquierda por delante y el brazo homólogo flexionado horizontal a 45° midiendo la altura del ataque, y apoyada sobre éste, la hoja de la espada apuntando al rival y sus movimientos). Por el contrario el comandante, sin armadura, en un traje cómodo de fajina lucía distendido, los pies en paralelo, el brazo derecho colgaba empuñando la pequeña espada apuntando al suelo y el torso apenas reclinado de lado en la misma dirección como si el peso del arma condicionara su posición.

Elsniidor inició la lucha usando la táctica del inmovilismo, aquella que ante el mismo obliga actuar al menos paciente o al más interesado. Permaneció en su lánguida postura luciendo endeble, apenas sujetaba la espada, parecía que hasta la brisa podía arrebatársela. Utorh gruñía entre dientes con sus ojos inyectados en sangre sin perder detalle hasta que la impasibilidad de su rival lo pudo. Dejó de apuntar con el mandoble para alzarlo hasta una altura que solo el podía alcanzar y, con ayuda de la gravedad, dejarlo caer transversalmente para dificultar la intuición del trayecto, con una furia que ningún escudo o armadura pudiera soportar, con ese mismo golpe alguna vez decapitó limpiamente a un caballo…Pero para el comandante, esa acción era como si el gigante estuviera sumergido en el agua, antes que la enorme espada cayera, él ya había avanzado superando la pierna izquierda, las fibras musculares de sus brazos se abrieron como el cuello de una cobra, cien sombras lineales resaltaron en su cuello, la espada que holgaba ahora parecía petrificada a su mano como una extensión más de brazo. Con la velocidad y contundencia de un rayo, en su avance, cercenó limpio el pie derecho de Utorh justo por el medio del tobillo. La mole, por el impulso de su ataque cayó pesadamente hacia delante, sin saber ni sentir que había ocurrido. Sin mediar un segundo de más y con la misma precisión, Duddum Draznatabor con un golpe descendente cercenó el otro pie.

Solo unos pocos de los presentes, aquellos con buenos reflejos visuales, comprendieron exactamente que había sucedido más allá de percibir que la colosal figura se había precipitado sobre el suelo. Un sargento se sorprendió cuando un objeto que había volado y rodado hasta sus pies, era el pie derecho de Utorh Golbag.

La bestia herida trató de incorporarse sin éxito y cayó nuevamente, esta vez de espaldas, el polvo del suelo se tragaba la sangre derramada, y Elsniidor había regresado a su estado de relajamiento, dio unos pasos lentos hacia la sobredimensionada figura, tendida y jadeando, apartó el mandoble de sus manos que no ofrecieron resistencia. Un grito desde la multitud caló el silencio sepulcral clamando por piedad, luego otro y luego otro, pero el general Agmadar Fazzart permaneció en silencio, siendo él quien en sus íntimos deseos, más pregonaba por la vida de su soldado caído. Pero ya hacía tiempo que la oscuridad del comandante Runita lo había poseído… Entonces el comandante, ya posicionado por la cabeza de Utorh Golbag, presionó con la aguda punta de su espada sobre la arteria yugular por unos segundos, luego retiró la hoja. Tras otros pocos segundos, la milimétrica herida vertió un tímido hilo de sangre que luego devino en un chorro constante con esporádicas crecientes. Así la vida fue abandonando el monumental y único cuerpo del gran Utorh Golbag, con el tiempo prometido para partir en reflexión… Algunas exclamaciones mezcladas con murmullos y otros sonidos verbales comenzaron a surgir, el general Agmadar Fazzart desde su posición elevada hizo unas enérgicas reverencias codificadas que llamaron al inmediato silencio de respeto y luto, así hasta que el escribano verificó la muerte. Acto seguido se ordenó el inicio de todas las acciones pertinentes.

En la primera oportunidad que Elsniidor Kahir estuvo cerca, el general Agmadar le preguntó porque no accedió al pedido de piedad y este con el talante de costumbre respondió:_ La piedad invita a la venganza, y la venganza invita a la venganza de la venganza…_ Estas palabras también fueron oídas por el escribano quien las incluyó en las transcripciones de los hechos acontecidos.

Elsniidor en familia

Un mes y medio después de que la pareja había partido de Kahirea, su hijo Kholboo vino de visita, y más o menos con la misma frecuencia lo hizo regularmente durante el año que ya estaban en la ciudad capital. Permanecía allí por unos pocos días, los cuales su padre se olvidaba un poco del ejército y se avocaba de pleno en su hijo y en su mujer. Ambos padres no podrían ser más felices en cada visita. El muchacho crecía intelectualmente a una velocidad vertiginosa. Particularmente desarrollaba una inteligencia orientada en lo social y emocional. Dialogaba a la par de su padre y más. Elsniidor Kahir, ante la evolución del niño, pensó que Diremeas estaba determinado a ver cumplida su profecía, a la cual él se mostraba reticente. Es difícil para un padre, especialmente para este, creer que ese indefenso y dependiente pequeñín que cabía en su mano cuando nació, algún día regirá el mundo. Y Kholboo, que ignoraba toda esa historia, aspiraba a ser un juez regional más en su Kahirea natal. Pero su padre, desde la óptica de su posición acomodada en el reino, soñaba a más, estaba completamente de acuerdo con la profesión elegida, ya que el jovencillo sobraba en mesura y sensibilidad, pero lo quería cerca, siempre bajo su resguardo, así como juez regional pero en ciudad capital. Y luego aspirar a juez federal, y plasmar así a la realidad todas esas discusiones filosóficas y sociales que tanto los entretenían, en leyes reales.

Elsniidor no estaba interesado en lo más mínimo que su hijo se relacionara con la milicia, de hecho nunca hablaba de temas militares en el ámbito familiar, era una doctrina que cumplía a rajatabla. Ni siquiera aquella vez que vio a Foebbe tan compungida y desorientada, se había enterado de lo sucedido con Utorh Golbag y con todos los matices de la lengua popular. No habló por varios días y su marido tampoco.

La vida militar en Elsniidor era la manera de mantener controlada esa flama inextinguible de su interior, pero sin margen a la duda, su familia era lo más importante, particularmente y sin desmerecer, su único hijo. Desde que éste nació, supo que lo haría más débil, la vida le estaba quitando fuerzas a cambio de felicidad. Aquella felicidad sustancial, casi tangible, omnipresente, que no tiene comparación a las alegrías esporádicas y efímeras, condicionadas a algún suceso exitoso, que luego necesitaran de otro mayor y mayor para apagar esa sed de continuidad. Esa felicidad que está siempre alerta porque vive desde un otro y de todo lo que a este le pueda suceder…

Cuando Kholboo llegaba y la familia estaba reunida, era un acontecimiento. Todo estaba organizado al detalle, las comidas favoritas, las salidas de pesca, los paseos y las noches de desvelo que invitaban a la reflexión. El humilde muchacho de pueblo pero sobre educado, canalizaba las excursiones por la metrópolis de manera pedagógica. Pareciera que cada acción de su ser estaba orientada al aprendizaje, y en cada elemento consideraba varias perspectivas de entendimiento. Para el orgullo de sus padres, era sin duda, una persona excepcional. Cuando llegaba la hora de marcharse la peor parte se la llevaba Foebbe, aunque luego mermaría su pena durante la semana hablando continua y monotemáticamente de su hijo a todas sus pares de la villa. Por el contrario, Elsniidor era celoso de su bien más preciado y muy rara vez compartía alguna mención sobre el muchacho, lo amaba tanto que creía que nadie podría comprenderlo, entonces no había motivo de iniciar una charla amena desde el desentendimiento, y mejor hablar de otros temas o simplemente no hablar…

Los Dalaineos

Ese enemigo invisible hasta el momento para Elsniidor, la inminente invasión de los Dalaineos, condicionaba la gestión del capacitador en jefe. Era una carrera a contra tiempo que el comandante debía afrontar. Él, de acuerdo a toda la información que había reunido, ya había trazado un plan de estrategia ante la contingencia, éste era minucioso y respetaba una cronología donde el primer peldaño era la puesta a punto de los soldados, individual y grupalmente. En este campo los avances habían sido significativos hasta el momento, con un aceleramiento denotado luego del episodio con Utorh Golbag como protagonista.

Cuando Elsniidor llegó a un punto de cierta conformidad con los resultados de cada uno de los soldados y su funcionamiento colectivo, se dedicó a trazar el boceto de su plan sobre papel. Luego de correcciones sobre correcciones, elevó el proyecto finalizado a su superior inmediato para su aprobación, de la cual dependían los recursos económicos para financiarlo. El general Agmadar Fazzart , expectante y respetuoso, analizó el plan hasta el más mínimo detalle. Confiaba ciertamente en las capacidades de Elsniidor pero su única duda en estas cuestiones respecto a su subordinado, era con la ligereza que éste diferenciaba la vida de la muerte. Finalmente consideró que el plan era brillante pero con algunos matices inquietantes, en particular, que era detalladamente explícito en unos puntos y por el contrario sombrío en otros. Obligado, preguntó por esta rareza, a lo cual Elsniidor respondió que precisamente el secretismo de algunas acciones estaba supeditado al éxito de la estrategia, y subió la apuesta solicitando con vehemencia la privacidad total para este asunto, independientemente de su aprobación o no. El general, aunque un poco intrigado, comprendía perfectamente la premisa. _ Elsniidor Kahir, me temo que no podré aceptar tu petición en su totalidad, ya que mi intención es compartir este orgullo por tu proyecto con su majestad el rey Usufur Rakart! _ Se expresó entusiasmado y complaciente. _ Y luego de su aprobación y financiación se respetará tu voluntad en absolutamente todo a lo que refiera su curso..._ concluyó solemne el general ante la mirada satisfecha de su interlocutor, luego ambos brindaron por la prosperidad de la empresa.

El rey Usufur Rakart estaba profundamente implicado en la situación de los Dalaineos. Él era la tercera generación desde que su abuelo, después de siglos de guerra, logrará unificar todo el territorio en un solo estado y mantenerlo en paz y progreso hasta su muerte. Su padre continuó la obra y puso énfasis en instruirlo en los valores del bienestar general como pilar fundamental para mantener la paz, que era el todo para la prosperidad de este reino. El soberano cargaba con el peso de la buena herencia recibida y temía que tal infortunio jaqueara su gestión. No tanto por el carácter invasivo de estos bárbaros que hasta el momento se conformaban solo con saquear y huir, sino también por la posible repercusión, si el resto del reino se enterase de la merma que esto ocasionaba sobre los recursos generales, que provenían directamente del sudor de cada contribuyente. Ante esta presión interior se enfocó sobre el ejército para palear semejante contrariedad, con el protagonismo del general Agmadar Fazzart, quien cuyo abuelo había sido un héroe en la gesta por la construcción de la monarquía. Pero lo cierto es que hasta el momento no se habían obtenidos resultados relevantes. La provincia conductora junto a la ciudad capital habían sido invadidas ya en tres oportunidades.

Las invasiones se produjeron en días de salvaje tormenta, cuando toda la población estaba refugiada. Los Dalaineos anclaban sus gigantescas naves en altamar, dónde las catapultas no podían alcanzarlas y luego se desplazaban en enormes balsas donde en cada una podían transportar hasta veinte caballos con sus jinetes o armamento de infantería o simplemente las dejaban vacías para trasladar lo robado. Se dividían en dos grupos de asalto básicamente; una brigada de caballería, fuertes y bravíos guerreros que se encargaban de contener las fuerzas militares de defensa; y otra de infantería, hábiles y expeditivos operarios, que organizaban el saqueo. Éstos últimos se apoyaban en una infraestructura de transporte y defensa de lo acaudalado, eran impiadosos a la hora de ejecutar su pericia, exterminarían a cualquier civil que se opusiera y así ralentizara la misión. Una vez que las balsas destinadas al saqueamiento estaban cargadas y a medio camino, la caballería comenzaba a retirarse, y los últimos de estos que quedaban resistiendo, lo hacían surcando las furiosas aguas, a nado y en plena tempestad. Sorprendentemente con éxito, ya que el mar hasta el momento no había devuelto ningún cuerpo. Las bajas en el ejército Real eran considerables, el enemigo era inferior en número, por supuesto, pero superior en calidad combativa. Evitaban ser capturados con vida, y si esto sucediera la muerte era una asignatura obligada, ya sea por la espada de su captor o por una acción suicida forzada o simplemente por inanición en cautividad.

El rey Usufur Rakart cuando el general Agmadar Fazzart le enseñó el proyecto del capacitador en jefe Elsniidor Kahir, respiró un aire de ventura. Sin ser un estratega militar ni siquiera un aficionado al arte de la guerra, comprendió de inmediato la ambición del plan. Era un hombre extremadamente inteligente y un remarcable estadista, por lo tanto no pudo evitar involucrarse de pleno. Se mostró complacido y ordenó la comparecencia inmediata del artífice en cuestión…

Elsniidor Kahir se sintió halagado pero no sorprendido. Entendía que tamaña inversión ocasionaría cierta burocracia, y vio con buenos ojos a un rey implicado. Hacía mucho tiempo que no servía a un líder, y si éste daba la talla sería reconfortante.

El día llegó, el humilde y extraño leñador de Kahirea se reuniría con el mismísimo rey del mundo. Para Elsniidor, rey de un mundo. Le hubiera gustado compartir este acontecimiento con Foebbe, pero era necesariamente secreto, además una cosa llevaría a la otra y entonces debería explicar también la amenaza "inminente", mejor no preocuparla, ella consideraba la milicia como un trabajo de relevancia más.

Entre protocolos de seguridad, cuestiones ceremoniales y reverencias, el capacitador en jefe y el general llegaron al seno del palacio real. Allí los esperaba un impaciente rey Usufur Rakart, acompañado únicamente por una lujosa mesa de trabajo y tres cómodas sillas. Para esta reunión había prescindido de su séquito real, conformado por eminencias en leyes y autoridades religiosas. Así lo había solicitado el general Agmadar, intuyendo la voluntad reacia de Elsniidor a compartir información y dando las pertinentes explicaciones. El monarca los recibió de pie con la sonrisa que solo un noble podía ostentar. _ Bienvenido eres Agmadar Fazzart, general en jefe del ejército y bienvenido eres Elsniidor Kahir, capacitador en jefe!_ Saludó el rey, a lo que los invitados respondieron por separado y con reverencias:_ A tu servicio, mi señor!

La reunión fue intensa y fructífera para todos. El rey era un niño por primera vez en una feria de atracciones, el general era su padre conduciéndolo, de esos que disfrutan tanto o más que sus hijos, y el capacitador fue el dueño del circo. El rey, en su agudísima inteligencia social, no podía descifrar el talante de Elsniidor, lo escudriñaba en todos los gestos y en cada respuesta, que cada vez lo inquietaban más. El soberano ya había estudiado el proyecto con antelación, al detalle y con esmero, ahora la atención estaba enfocada en su autor. Esto preocupaba al general, ya que éste había sido permisivo con las exigencias de Elsniidor desde el principio, y temía que el rey no aprobara que su número uno en el ejército flaqueara en alguna respuesta. Así que, astuto, aplicó una estratagema que se pudo colar con éxito, debido a que el rey ya había sido vulnerado en su suspicacia por su propia emoción. Entonces, cuando la cumbre estaba avanzada y el general, indemne hasta el momento, éste se excusó para marcharse y eximió sus decisiones a la voluntad del soberano. Esta acción podría ser tildada de lánguida e inadmisible, pero entre el rey Usufur Rakart y el comandante Duddum Draznatabor existía una tácita e imperiosa necesidad de intimar, así que se deslizó bienvenida y sin más.

La reunión se extendió por horas, el comandante logró trasladar la atención del rey, desde su persona hacia el plan en concreto. Respondió a todas las interrogantes sin evasivas y se extendió en una completísima exposición oral y teórica. El rey estaba gratamente sorprendido de como ese hombre, con esas manos de herrero y ese rostro de minero, se expresaba con tanta elocuencia y sintaxis. Ese grado de implicación y vehemencia lo conmovió e invitó a involucrarse más, y así ambos fueron limando hasta la última arista. En un punto ya de agotamiento intelectual el rey consideró un receso y ordenó comida y vino en disposición de compartir un almuerzo, a lo que Elsniidor accedió halagado pero sentenció que bebería solamente agua hasta finalizar su presentación y si el monarca así se lo permitiera, una vez concluido el asunto, compartiría complacido ese vino. El rey, anonadado, ya no cabía en su asombro ante tanta extravagancia y rompió en una carcajada de distensión. Por su parte, el comandante estaba inusualmente alegre y excitado, era la primera vez que interactuaba a la par con un hombre que regía un imperio, tan ilustre y atento, y que juntos compartían un fin determinado. Se sintió honrado y con la necesidad de complacerlo... En ese exacto momento, hasta el último Dalaineo sintió un escalofrío de origen desconocido.

Luego del nutritivo intervalo, dónde se abordaron temas relajados y amenos por parte de ambos, la reunión se adentró en su final. El rey tan satisfecho con el plan de defensa, dobló la apuesta, incrementando algunos puntos, donde el capacitador en jefe solicitó dos, él ofreció cuatro, y además de la financiación, se comprometió a participar activamente en agilizar todas las diligencias operativas desde su posición de soberano." Los Dalaineos" era un problema que le venía urgiendo desde sus noches por años, y ahora, gracias a este extraño personaje, podía vislumbrar un futuro prometedor. Para concluir con las bondades vertidas desde el laborioso encuentro, su majestad con la ligereza que se chasquean los dedos, otorgó a Elsniidor, la categoría de general, de esta manera, dentro de la burocracia existente, todas sus gestiones se verían aceleradas. Acto seguido convocó a sus juristas y al general Agmadar Fazzart para dar curso a todo lo acordado, y así finalizó la reunión y el día, ya que se habían extendido durante toda la jornada abocados al tema.

Cuando Elsniidor regresó a su casa estaba extenuado, una cotidiana Foebbe le preguntó por el día y este respondió: _ Nada, me han ascendido a general..._ Se dio un baño y se durmió sin cenar.

A la obra...

Incitado por el rey y por su propia e imperiosa voluntad, Elsniidor Kahir comenzó raudo todas las gestiones para el plan, como si la posible invasión ocurriera al día siguiente. Dentro de su clásico hermetismo y con la comodidad de las libertades obtenidas, se trasladó al norte, a Teevriinea más precisamente, que era una provincia costera dónde se fabricaban todos los tipos de embarcaciones. Allí permaneció dos días, en uno estuvo dialogando con varios constructores, y en el otro se dedicó a recorrer algunas villas marítimas. Luego se dirigió al centro del reino, a Myetallea, provincia dedicada a construcciones metálicas, particularmente a armamento pesado. Esta visita se extendió un poco más, mantuvo negociaciones con varios constructores. A su regreso se reunió por horas con el general Agmadar Fazzart, a quien se lo vio muy comprometido, tanto así que delegó algunas funciones propias en otros generales de su séquito. Para concluir con esta vorágine de acciones, que solo la interrumpía para descansar y alimentarse, convocó al sargento Bulgur Tudam, con quien había congeniado muy positivamente desde el principio.

Bulgur Tudam, hasta la llegada de Elsniidor, era sin duda el guerrero más talentoso de todo el ejército real. Era un soldado hecho de pura cepa, humilde y dedicado plenamente a su carrera militar. Tanto así que desde aquel día en el campo de entrenamiento, cuando fue superado ampliamente por la sobrenaturalidad de quien hoy es su superior, nunca se mostró con recelo hacia éste sino todo lo contrario. Se aferró a su doctrina, disciplinado y receptivo, en una clara intención de progreso personal. Dada su personalidad simple, absorbente y siempre predispuesta, pudo sortear el cerco gélido que delimitaba la afinidad del capacitador en jefe con el resto de sus subordinados.

Este soldado prospecto pertenecía a los Tud, una etnia que como pura estaba desapareciendo desde que la paz unificó los territorios. En origen era una población costera del norte, nómada, que vivían fundamentalmente de la pesca, moviéndose por todo el litoral de norte a sur y viceversa, empujados por la climatología. Luego con la delimitación provincial se fueron relacionando y fusionando con sus vecinos para la funcionalidad productiva del reino. Bulgur conservaba esa fisionomía original de antaño que permitía distinguirlo claramente, altura media, tez oscura, ojos muy rasgados, bello corporal inexistente y abundante cabellera, muy ágil y delgado con tendencia a no engordar nunca. Sus habilidades marciales estaban supeditadas a sus condiciones físicas innatas, basadas en velocidad, destreza y precisión.

El sargento acudió al llamado de su jefe, envuelto en una mezcla de intriga y excitación. Se reunieron por un par de horas en un despacho improvisado junto a la caballeriza, lejos del glamour del despacho del general Agmadar que olía a vinos y a velas perfumadas, éste apestaba a boñiga. Luego del encuentro, Bulgur Tudam lució un semblante de concentración, permaneció ensimismado por el resto de la jornada sin pronunciar palabra, como quien es rehén de un solo pensamiento. Al día siguiente y por unos diez más consecutivos, se mantuvo pegado al ahora general Elsniidor Kahir en su hedionda oficina. Allí ambos entrevistaron un importante número de soldados activos, algunos pertenecientes al cuartel general y otros tantos a distintas delegaciones provinciales. En varias oportunidades recibieron la visita del general Agmadar, en calidad de supervisor, pero poco éste pudo deliberar, ya que el omnipresente olor a mierda lo repelía. Tal vez ese era el propósito de una denotada estrategia de privacidad por parte de Elsniidor Kahir.

Cuando el general capacitador dio por concluidas las entrevistas, tanto el sargento Bulgur Tudam como gran parte de los convocados, literalmente, desaparecieron de sus lugares comunes. Esto despertó a la atención general en el cuartel, que preguntó y preguntó en vano, ya que la respuesta fue nula, pero luego sobrevino una distracción mayor, se anunció un nuevo e intenso ciclo de entrenamientos de combate de cara a las invasiones de los Dalaineos.

Entre todas estas idas y venidas, Elsniidor Kahir mantuvo un encuentro con un personaje muy peculiar llamado Golotmeo Nabbas, había llegado a este por referencias populares. Era un hombre que por elección propia vivía sobre una loma, un poco alejado de la villa más cercana. Tenía como afición, observar los cielos por las noches y todo lo que en ellos brillaba, explicaba sin extenderse mucho que esto, sin incomodar a los dioses, le permitía comprender algunos ciclos de la vida misma. De allí su predilección por residir en una zona elevada, sin interrupciones visuales ni auditivas, y para sus investigaciones utilizaba un instrumento de creación propia, de idea similar a los catalejos del ejército, pero bastante más grande y sofisticado. El comandante se interesó agudamente en la funcionalidad de este artilugio y en los conocimientos de su creador para sus fines bélicos. En un segundo y decisivo encuentro, juntos visitaron el monte Orán, la primera montaña en orden a la cordillera central del territorio. Desde ésta, a una altura significativa pero a la vez accesible y habitable, se puede observar claramente toda la provincia capital. Cerca de esa ubicación, descansa sobre la ladera, una pequeña comarca de granjeros autosuficientes que rara vez descienden a socializar con sus pueblos vecinos. Elsniidor Kahir y Golotmeo Nabbas, allí hicieron una parada e interactuaron con estos ermitaños habitantes que a pesar de su naturaleza indiferente y silenciosa, no pudieron evitar ser seducidos por la investidura del general y la extravagancia de su acompañante, tanto que se mostraron amenos y serviciales. Dialogaron y compartieron un improvisado ágape, donde consecuentemente se tejieron algunas negociaciones. Luego y de acuerdo con las indicaciones de los lugareños, los viajantes continuaron su ascenso hasta un paraje natural en que ambos coincidieron que sus condiciones eran las óptimas. Ya con la misión cumplida, además de una mutua y acelerada incursión personal, regresaron a sus tan distantes vidas. Lo curioso fue que, al igual que al sargento Bulgur y los soldados entrevistados, al observador Golotmeo, luego de unos días, no se lo vio más por su lugar habitual de morada.

En uno de esos días, el general Agmadar Fazzart y el general Elsniidor Kahir quedaron en visitar un lugar que este último estaba buscando muy selectivamente y al final logró hallar. Los hombres hicieron preparativos especiales para esta expedición, era fundamental ir con sus caballos de combate y acompañados por una cuadrilla de caballería regular del ejército. Por lo menos así lo solicitó su ideólogo, dentro de su clásico secretismo.

Ya todos reunidos y predispuestos, se dirigieron hacia terrenos elevados e iniciaron el ascenso. Durante el trayecto, Elsniidor se mostró muy concentrado, se detuvo varias veces donde evidentemente realizaba diferentes evaluaciones que anotaba con el rigor del detalle en lo que al parecer era el boceto de un mapa. También, con ayuda de su brújula, retrocedió y cambió de dirección varias veces para luego volver a retomar el camino. El general Agmadar le preguntó si se había perdido a lo que éste respondió con un NO tajante, precedido y seguido por un incómodo silencio. Elsniidor Kahir continuó hipnotizado por la brújula buscando y testeando rutas alternativas hacia un destino que solo él conocía, hasta que en una de esas direcciones, cuando mantenía una marcha acelerada y parecía haber encontrado el rumbo definitivo, una arboleda que bloqueaba el sendero y su norte, le frustró el entusiasmo. Sin remedio debían sortearla por uno de los lados y con la duda si el otro sería tal vez más corto o más cómodo, lo sabrían de regreso en el descenso. El comandante, claramente molesto, observó el inoportuno obstáculo por unos momentos...giró su cabeza hacia un hesitado general Agmadar y le dijo: _ Debemos incrementar nuevamente el presupuesto..._ Ahora, el silencio incómodo tuvo otro dueño.

Una vez que dejaron atrás esa vegetación impertinente y Elsniidor se tomó su tiempo para calcular el retraso con exactitud, recuperaron el ritmo y ya sin interrupciones llegaron a destino. La distancia original entre el punto de partida y la meta era relativamente corta pero su inaccesibilidad y la búsqueda del itinerario óptimo, ralentizaron el viaje. El lugar elegido era un páramo de una extensión considerable de donde se podía observar con claridad desde lo alto, toda la ciudad capital, el recinto que albergaba el palacio real y los edificios institucionales, los puertos y sus costas aledañas y, particularmente, los diferentes puntos de almacenamiento de bienes estatales que en su oportunidad habían sido diezmados por los invasores Dalaineos. El general Agmadar Fazzart, que conocía el plan, trazado en figurativo, comprendió la situación en un instante...y con una mirada cómplice cargada de admiración, asintió con su cabeza, repetidamente y en silencio.

Durante todo este proceso de operaciones a un ritmo frenético, el general Elsniidor Kahir acudía asiduamente al palacio real a reunirse con el rey, ya sea por voluntad de éste o si bien por motu proprio. Cuando lo hacía por su voluntad, significaba que necesitaba más de lo estipulado, y cuando no, era para rendir cuentas. También el general Agmadar Fazzart participaba de estas deliberaciones ya que era un miembro activo en la orquestación. Los tres hombres se complementaban operativamente bien, cada uno en su función y sin estorbarse. Si bien la gran mano ejecutora era el incansable mentor del plan, el soberano con su determinación, seguridad y mesura, sostenía la aventura, y el general jefe del ejército, por su parte, dados los beneficios que su cargo otorgaba, su carisma natural y sus cualidades expeditivas, gestionaba todas las acciones secundarias, que por su gran volumen tenían tanta relevancia como las primarias. Otro triángulo más en la vida del comandante Duddum Draznatabor.

En una ocasión, cuando las gestiones estaban bastante avanzadas, Elsniidor insistió enfáticamente en reunirse con el rey y el general, en el palacio y a una hora determinada. Estos requerimientos eran, como poco, peculiares. Resultaba un tanto improcedente desde su posición de servidor a la corona. Pero ambos citados, conociendo las excentricidades de su anfitrión y su excesiva austeridad, aceptaron el misterio sin más, intuyendo por sus formas que el tema a tratar era feliz. Haber interactuado con este personaje por un tiempo prolongado les permitía, en algunos casos puntuales, predecirlo desde su misma impronta impredecible.

Cuando ya estaban reunidos en un salón afín del palacio real, el general Elsniidor Kahir no abordó ningún tema directamente, simplemente observó el reloj que centraba una de las lujosas paredes, consecuentemente se dirigió hacía el balcón e hizo lo propio con el reloj solar erguido en el medio de la plaza real. Esta actitud enigmática desconcertó un poco a los presentes que instintivamente prefirieron priorizar el respeto y permanecer expectantes. De pronto ese lánguido silencio se rompió en mil pedazos cuando un sonido altísimo y diáfano entró por las ventanas e inundó el edificio, su recinto y toda la ciudad capital...Evidentemente era el toque de una campana, pero cual? Ya que no respondía a ninguna de las fácilmente identificables, a las cuales sus oídos estaban acostumbrados. Al percibir la tranquilidad en el semblante del comandante, dedujeron que esto era su mensaje. _ Esta es mi campana, y será la alarma, no la volveréis a escuchar otra vez hasta que nos encontremos en una situación de invasión inminente. Os ruego continuar con las acciones pertinentes, gracias. _ Explicó de manera escueta Elsniidor, que sin mediar preguntó si en ese momento su presencia era requerida para alguna otra cuestión, a lo que no hubo respuesta ya que él era quien había convocado la mesa de trabajo. Además tanto el rey Usufur Rakart como el general Agmadar Fazzart estaban inmersos dentro de sus mudas conjeturas. De esta manera eclíptica, se excusó y marchó. En los días siguientes los pregoneros reales informaron a la población de la provincia capital todo lo referente a esta novedad.

Un receso para el general

El general Elsniidor Kahir se mantuvo hiperactivo, supervisando los entrenamientos legionarios y a la vez desaparecía periódicamente en sus misiones secretas. Un día informó de manera oficial a su majestad, el rey Usufur Rakart y a su superior inmediato, el general Agmadar Fazzart , que daba por concluidas todas las operaciones previstas para su plan de contingencia, de ahí en adelante, se podía considerar el territorio como seguro. Para lo cual era fundamental el mantenimiento activo y continuo de todo lo construido. Toda esta mega estructura, además de una inversión capital sin precedentes, también había demandado una importante cantidad de tiempo, particularmente para él, que se mantuvo casi privado de su familia. Por lo tanto decidió recuperar un poco de ese lapso perdido tomando unas breves vacaciones y, junto a su esposa, viajó por sorpresa hacia Kahirea. Foebbe estaba inmensamente feliz con esta decisión, ya que su marido, desde que comenzó con ese trajín, había suspendido momentáneamente las visitas de su hijo.

La pareja viajó cómodamente en una veloz diligencia, y esto era lo único que podía evidenciar que provenían de la privilegiada ciudad capital, ya que ambos conservaban su facha de humildes campesinos. Pocas cosas en la vida podían impresionar al gran comandante Duddum Draznatabor, una de ellas fue ese día cuando contempló a su hijo. El muchacho, de pronto se había transformado en un hombre, y se parecía de manera asombrosa a su padre, en una versión virgen de violencias y embellecida por algunos rasgos de su madre. A su lado, inseparable, estaba el viejo Diremeas Kahir, aún más viejo pero denotadamente feliz, Kholboo Kahir iluminaba su vida. La noticia del meteórico ascenso en la carrera militar del ex leñador Elsniidor Kahir, se había desparramado hasta el último Kahireo. Era un pueblo espiritual que poco podía esta situación seducir y su enseñanza fue que Dios encauza las vidas de acuerdo con sus sabios propósitos.

La familia destinó la totalidad de su tiempo a estar juntos, y gran parte de éste con Diremeas también. Los hombres decidieron ir de pesca, en ese retiro espiritual que invitó a la reflexión en muchos temas, Elsniidor comprendió con orgullo que Kholboo ya lo había superado en riqueza intelectual y con creces. Diremeas, dialogando con Elsniidor, pudo confirmar en este su intacta cualidad de esponja, ese lenguaje limitado, aprendido con prisas que vagamente le había permitido expresar sus ideas, devino ahora en una verborrea militar con algunos matices aristocráticos que ciertamente sentenciaba…las mismas ideas. Tal vez si el resplandor del hijo no hubiera eclipsado los progresos del padre, el viejo mentor se hubiera sentido orgulloso por ese hombre que una vez agonizó sepultado por las arenas. Elsniidor en su amor paternal consideró cuán útil podría resultar las dotes de su retoño a su diestra en el gobierno, o mejor, a la diestra del rey y su linaje. Pero soñar era un atributo que su vida como Runita le había mutilado ya hace tiempo, además el ilustre Kholboo era protagonista en un sueño ajeno. El anciano Diremeas, que era un campeón en percepción, interpretó los silencios de un padre feliz pero por instantes, intranquilo en su rol de tal. Entonces, busco un momento oportuno y sin prólogo se pronunció. _ Elsniidor, amigo, eres un buen padre, más por lo que sientes que por lo haces. Kholboo siempre será tu hijo, el amor entre vosotros es imperativo por natura, sólido e inquebrantable, se ha consolidado férreo e inherente a su vínculo. Tu único descendiente regirá nuestro mundo siendo forjado desde el amor, no aquel amor ingenuo que nace del dulzor de las frutas y desconoce la amargura de la hierba, sino aquél poderoso que crece desde sus antagónicos para erguirse y someterlos. Descansa hoy tranquilo en su protección ya que mañana el te protegerá…_ Elsniidor Kahir respondió callado con una mueca complaciente, a Duddum Draznatabor le hubiera gustado creerle.

Estos días de desconexión transcurrieron intensos en emociones sosegadas, sin duda fueron un bálsamo sobre la mellada espalda del comandante. La comida dedicatoria, el sueño libre y el amparo familiar revigorizaron carne y alma. En la máquina Draznatabor, era normal para su mente, desentenderse de las demandas corporales ante un objetivo determinado. Esta casual puesta a punto fue vital para los sucesos venideros, la calma que precede a la tormenta.

Cuando llegó el momento de marcharse, todos, en un tácito común acuerdo, improvisaron una prisa inexistente para soslayar sus emociones, donde la madre desentonó estrepitosamente. En el átomo de tiempo que Elsniidor dedicó a abrazar a su hijo, sintió el golpe de un rayo helado dentro de su pecho, una sensación de revelación que no sentía desde sus tiempos como líder Runita, un presagio de hiel. Instintivamente prolongó ese abrazo como un último, seguidamente buscó algo, sin saber qué, en los ojos de Diremeas, que no pudo hallar. Durante todo el viaje de regreso se mantuvo inmerso en este hecho. Ya en el lecho de su hogar y a oscuras continuó en ese inmovilismo que en otra persona podría considerarse como miedo...

Cuando llegó la tormenta

Una mañana muy clara pero gris, cuando la provincia capital comenzaba a desperezarse, el viento sacó a pasear un rocío frío que humedeció las calles e hizo barro en la tierra. Algunos estudiosos de huesos propios vaticinaron lluvia. Todas las actividades, cómplices del clima, se apelmazaron excusadamente y las prisas se guardaron para mañana, tal vez. Este letargo de voluntad generalizada espabiló de repente cuando sonó "la campana ", el sonido bajó por la ladera del monte Orán desde el nuevo hogar y, a la vez, lugar de trabajo que Elsniidor había mandado construir para Golotmeo Nabbas. El observador cósmico, ahora vigía real, en plena labor de sus funciones, había detectado en el horizonte marino, una tormenta de techo gris oscuro y debajo de ésta una flota de naves desconocidas que lentamente avanzaban hacia tierra.

El monótono sonido de alarma continuó esparciéndose por toda la provincia capital dejando a nadie indiferente, todos sabían exactamente que significaba y que debían hacer. La inminente amenaza caló profundamente en cada una de las almas que escuchaban el inquietante ding-dong. Todas menos una, la indescifrable alma del comandante Duddum Draznatabor entró en un proceso entusiasmo contenido por el deber, seguramente fue el primero en reaccionar, de la gran cadena de movimientos minuciosamente planeados para esta situación. Él mismo se introdujo dentro de su armadura favorita, con la paciencia que requiere ensamblar eficazmente algo complicado sin retroceder sobre sus propios pasos.

El rey Usufur Rakart se trasladó con su familia a un recinto cómodo pero de difícil acceso situado en la cima de la torre más alta del palacio, de donde se podía apreciar media ciudad, allí permanecería a resguardo a esperas de novedades.

En el cuartel general aulló el emblemático cuerno de batalla, y a su son un batallón de caballería, formado con el grueso del ejército, todos jinetes elegidos y comandados por el mismísimo general Elsniidor Kahir, partió raudo en dirección a la meseta del Águila, así habían nombrado aquella extensión plana de tierra en las alturas. Aquel lugar virgen que con tanta dedicación el comandante había buscado y estudiado, ahora había sido rediseñado para una óptima accesibilidad, con anchas rutas de ascenso y descenso, perfectamente pavimentadas con el mismo material de las calles principales de la ciudad, una mezcla idónea donde las herraduras de los caballos y las ruedas se adhieren lo justo y necesario para acelerar y maniobrar ágil y velozmente.

El general Agmadar Fazzart permaneció tras los altos muros del palacio real, dirigiendo a la Infantería, posicionando a la élite de arqueros, situando las catapultas y preparando el aceite combustible. Tres brigadas compuestas con jinetes y carros de transporte se dirigieron a las tres posibles zonas de desembarco para asistir y movilizar a los residentes de los aledaños hacia sitios de refugio.

Elsniidor Kahir y su destacamento arribaron a destino en un cuarto del tiempo que habían tardado en la primera vez, y así estaba programado. Mil y un jinetes fueron tomando sus posiciones ordenadamente sobre la inmensa explanada. Mil espíritus, que rigurosamente habían sido entrenados para controlar sus ímpetus y ansias, esperaban con irremediable paciencia. El general desplegó su catalejo y comenzó a observar, ídem sus lugartenientes. Desde esa perspectiva se podía apreciar toda la escena en detalle, como un mapa de guerra viviente y en tiempo real. En efecto una oscura tormenta se acercaba y debajo de ésta, siete gigantescas naves madres avanzaban coordinadas en una funesta coreografía. Cuánta razón llevaba el rey Usufur Rakart en su intuición! En las invasiones anteriores, los Dalaineos habían empleado dos naves nodrizas y causaron estragos, está ocasión era escalofriantemente mucho más ambiciosa. El comandante Duddum Draznatabor, taimado, escudriñaba hasta el mínimo detalle. Su metálica psique se había activado...Buscaba en ese cuadro fantasmagórico, un atisbo de actividad, de vida. Donde hay vida, inexorablemente, hay también muerte, y esa es su debilidad. Quizás por la lluvia, quizás por la falta de efectividad del catalejo, pero la búsqueda era infructuosa, nada respiraba sobre esas naves, parecían movidas únicamente por su propia inercia. Igualmente, ninguna circunstancia por extraña que fuese, alteraría la concentración del experimentado guerrero, éste era su momento y lo estaba viviendo a su manera, tenía las mismas pulsaciones de quien ha finalizado un copioso almuerzo y se dispone a tomar una siesta al son de un arpa...

En las zonas de potencial peligro para los civiles, las brigadas de protección habían actuado expeditivamente y ya habían terminado. La mayoría de los residentes habían sido trasladados tras los muros del recinto gubernamental o simplemente a lugares alejados a preferencia de estos. Con la misión cumplida los militares involucrados se reposicionaron bajo la dirección del general Agmadar Fazzart que también había concluido con las exigencias del protocolo.

En la meseta, luego de un tiempo relativamente corto, plasmado a la realidad de la situación, pero interminable para los soldados allí, por la inactividad mezclada con la ansiedad, algo sucedió. Las naves se fueron deteniendo una a la vez de acuerdo a un orden posicional, en línea paralela de cara a la costa. Elsniidor pensó en el tamaño que deberían tener esas anclas para detener con precisión esas colosales embarcaciones, y dedujo que el enemigo no era esas simples bestias salvajes que describía Agmadar en su relato. Sin mediar, ordenó hacer sonar el cuerno. Desde esa altura el sonido fue percibido perfectamente en la ladera del monte Orán y, ciñéndose al plan, Golotmeo Nabbas respondió haciendo gritar sus omnipresentes campanas hasta los confines de toda la provincia. El general continuó observando sin perder detalle y pudo apreciar perfectamente como en los laterales inferiores de las naves se abrían dos compuertas de grandes dimensiones y caían hasta casi el nivel del agua, bajaban y eran estabilizadas por unas, increíblemente gruesas, cadenas. Así, de manera coordinada, sucedía lo mismo en todas las naves, y de cada una de las compuertas, devenidas en muelles de carga, se deslizó una balsa, cuadrada perfecta, vallada en dos de sus lados. Cuando la balsa quedó flotando emparejada a su muelle, de éste se mostraron las primeras señales de vida, entonces el comandante Duddum Draznatabor respiró conforme.

 Cada nave puso a flote dos balsas, y seguidamente sobre estas unos guerreros Dalaineos comenzaron a acomodar caballos, perfectamente domesticados, cumplían su desempeño como un soldado más. Era evidente que para el animal esto era una operatoria común, agilizada por la costumbre. Rápidamente, por el tamaño, Elsniidor Kahir supo que esos corceles no provenían de ningún punto de este reino, le fue inevitable recordar a su frisón amigo. Cuando cada balsa alcanzó la matemática de su cupo, exactamente treinta percherones con sus respectivos jinetes, soltaron amarras y mediante un sistema de remos fijos, los soldados comenzaron a avanzar sobre las tempestuosa aguas.

Los lugartenientes del general Elsniidor Kahir, también catalejo en mano, observaban la escena con asombro e inquietud, pero la parsimonia de su líder de cara a los acontecimientos, de alguna u otra manera, los contenía. Ya hacía tiempo que le encomendaron sus almas, hoy le encomendarían su carne. Por su parte, él continuó impertérrito estudiando la situación. Tampoco se inmutó cuando esos lúgubres edificios flotantes repitieron exactamente la misma y terrorífica operatoria, escupiendo dos balsas más por cada uno de ellos. Y si los ochocientos cuarenta jinetes de la caballería Dalainea, flotando hacia tierra, no eran lo suficientemente intimidante, seguidamente, desde lo alto de las naves, comenzaron a caer grandes botes atiborrados de guerreros, casi imposible de contabilizar desde la distancia. Eran la infantería...

A medida que el total del ejército enemigo se acercaba, más se podía apreciar su aspecto atemorizante. Eran hombres de gran envergadura, de tórax prominente, largos pero pocos cabellos, todos barbados. Este aspecto grotesco no respondía a ningún fin determinado de apariencia, sino simplemente a la carencia de una conducta higiénica. No tenían uniforme militar, ni siquiera una línea de vestimenta, su ropa como la indumentaria de combate era totalmente funcional, sin estética grupal. Hasta los Runitas, que durante toda su existencia, llevaron el estigma de ser llamados "salvajes", lucían un patrón militar de similitud. Éstos por el contrario estaban provistos por lo robado, Elsniidor pudo reconocer en ellos, armas, cascos y partes de armaduras pertenecientes a ejércitos de culturas diferentes, que algunas incluso, ya ni existían más en su viejo mundo. El comandante supo que se enfrentaba a un adversario pragmático, su fuerza radicaba en la solidez de su determinación, y en la simplicidad de su fin...

Los invasores desembarcaron en una zona contigua al puerto principal donde había una explanada artificial destinada a diversas actividades marítimas, acoger a despiadados invasores no era una de ellas. Lo hicieron organizadamente, tanto el lugar escogido como la operatoria denotaban un conocimiento anterior. Una dotación de caballería fue la primera en pisar tierra, inmediatamente formaron un arco de protección, de cara a un posible ataque repelente y de espaldas a la continuidad del desembarco. Luego se sumaron otras dos que extendieron y tupieron la formación para reforzar el arco y así proseguir con las acciones bajo resguardo. Al tiempo que el último soldado dejaba el agua, se concluían ordenadamente todas las tareas de estiba y amarre. En un ritual con la precisión de mil ensayos, comenzaron a alinearse en disposición de avanzar hacia el combate. La infantería marchó por delante. Como primera fuerza de choque, avanzaba un gran número de escudos individuales. Éstos eran protegidos desde atrás por los arqueros. Luego, a una distancia de seguridad, desfilaba una tropa más ágil, de soldados libres de indumentaria fija, que se movían en orden a los carros de transporte de armamento. Y por último, retumbaba en el suelo la imponente caballería, una orquesta de ásperos ruidos bajo un solemne silencio verbal. La lluvia, sin ser copiosa aunque persistente, bañaba toda la puesta en escena realzando una amalgama de olores naturales, propios de hombres y de bestias.

El ojo agudo del comandante Duddum Draznatabor estaba a la distancia, pero sus sentidos marchaban de incógnito junto a la horda invasora. Podía percibir el hedor de las heces esporádicas de los caballos, de la transpiración asfixiada debajo de harapos, cueros y metal, de las exhalaciones vaporosas. Podía escuchar el hierro rechinar sobre la calzada, la fricción de las improvisadas y deformes armaduras, gargantas carraspear, y el diálogo mudo de los animales. El ritual de la guerra, cualquiera fuese su color, se traduciría siempre a un preludio de muerte y ventura...

Los Dalaineos, rápidamente desvelaron sus intenciones, ya sea por la magnitud de su proyecto como por el rumbo hacia adonde se dirigían, no repararon siquiera en la soledad, que extrañamente los rodeaba. Evidentemente respondían a un plan, basado en un conocimiento certero de las costumbres y de la geografía del objetivo. Sin distracciones, marcharon ciegamente directo hacia el mismísimo Palacio Real, cómo la sólida cabeza de un martillo sobre su clavo. Mientras tanto en las alturas, ante la inquietud que les provocaba esta amenaza, los comandantes alrededor del general Elsniidor Kahir, rompieron el silencio y su compostura. _ General, están a mitad de camino hacia el palacio, si marchamos ahora mismo a buen ritmo, podríamos llegar allí, sin fatigar a los caballos, y junto a las fuerzas del general Agmadar Fazzart, atacarlos y obligarlos a huir hacia el mar. _ Urgió un joven comandante a un tranquilo Elsniidor, ensimismado en su catalejo. _ Sí, los superamos en número y armamento, los expulsaríamos de manera contundente y con poco riesgo de bajas. _ Espetó otro, creyendo dentro de su ingenuidad, que ambos se estaban expresando en términos y contenidos de estrategia militar. Elsniidor, pacientemente, entendió que esta disociación con la realidad era una de las contras del sagrado secretismo. Un soldado bravío, de esos que el jefe prefería, que estaba cerca y pudo escuchar la situación, dijo a otro:_ Creo que estamos en problemas, la fuerza enemiga debe ser inconmensurable, tanto que tiene al gran jefe paralizado y a los otros, desorientados..._ En ese instante, en una coincidencia cronológica, el general Elsniidor Kahir salió de su hermetismo con vigor, y ordenó nuevamente sonar el cuerno. Todo el destacamento perfectamente formado hizo el silencio obligado, el general hizo girar su corcel de manera abrupta enfrentando a las filas, escuetamente se dirigió a sus jefes subordinados: _ A mis órdenes!_ Luego se acercó a la primera línea y de manera más escueta aún pero ciertamente más enfática, les dijo:_ Repetid y pasad la voz hasta el unísono..." Hoy moriré quizás, no sin antes matar!"_ Y así fue, la primera línea lo repitió y continuó, y luego la segunda y la tercera, y así hasta el último fulano montado, cuando la frase ya hacía eco por todo el valle...

Los Dalaineos llegaron de manera ordenada a las inmediaciones del recinto gubernamental, exactamente al punto donde los muros comenzaban a erguirse a los lados del camino, y allí se detuvieron. Hasta el momento no habían recibido ninguna represalia, debido a que el general Agmadar Fazzart había retirado a los arqueros de las garitas apostadas en los altos del muro. Fue una decisión en aras de preservar la vida de los suyos, ya que aunque éstos pudieran acertar sobre algunos enemigos, ante la magnitud de un ejército, perecerían inexorablemente. Entonces los invasores, a una distancia prudente y sin prisas ni pausas, comenzaron a montar el asedio. La caballería conservó su impronta de brazo fuerte y permaneció inactiva en la retaguardia. El resto a la obra, se mostró laborioso y competente. Entre otros menesteres, ensamblaron rudimentarias torres, situaron unas pocas catapultas de medio alcance, y fijaron tres ballestas gigantes. Todo orientado a una posible carga defensiva desde dentro del túnel, aquél que proseguía al inicio de los muros y se enterraba bajo las aguas circundantes al palacio.

Desde una posición elevada, en una torre diseñada particularmente para la situación, el general Agmadar Fazzart observaba al enemigo y dirigía su ejército. Dentro suyo, sufría un cúmulo de sentimientos encontrados, pujando por imponerse uno sobre otro. El miedo escénico y la ansiedad primeriaban al resto, sin embargo, en su profesionalidad se mostraba seguro y enfocado. Tras unos breves cálculos, hizo posicionar una catapulta y ordenó un disparo a modo tentativo. La roca ardiendo en aceite voló limpiamente por sobre los muros hasta el punto de sitiado, donde aplastó y calcinó a un soldado Dalaineo que se encontraba de espaldas clavando una estaca en el suelo. La fuerza invasora apenas se inmutó, miraron hacia lo alto buscando el lugar de procedencia y se retrasaron unos metros para continuar inmersos en sus labores, mientras los restos de su camarada se quemaban bajo la roca. Como esa era la distancia máxima de disparo desde dentro del perímetro seguro, y ya el objetivo estaba fuera de alcance, al general no le quedó otra opción que la tortuosa espera.

El general Elsniidor Kahir, junto a su élite, iniciaron el descenso. Para continuar azorando las voluntades de los suyos, enigmáticamente no ordenó hacerlo por el camino de ascenso inicial, que era el más ágil y rápido, y desembocaba directamente sobre la entrada al palacio; sino por otro alternativo, también rediseñado en la obra, de forma semicircular, por ende mucho más largo, del cual, mientras se descendía paulatinamente, se podía continuar observando la ciudad. De esta manera, arribarían a destino desde atrás y sobre los pasos de los invasores, y así no habría margen para que éstos huyeran. Esta hipotética situación de choque, forzaría una contienda tan salvaje y cruda como simple; matar o morir. Desde la visual que ofrecía el descenso, esta maniobra evidenció al ejército, las intenciones macabras de su líder. Dentro de esos obedientes cuerpos paganos, se celebraba una sinfonía de encrespados nervios, adrenalina galopante y mariposas estomacales.

El general Agmadar Fazzart, con las limitaciones que le imponía la distancia y la ayuda de su artilugio óptico, pudo divisar una inminente acción hostil. Desde la intimidad que un bosquecillo proporcionaba al enemigo, a modo de aguantadero; salieron dos carruajes, de caja rectangular, similares a los que trasladan largos troncos para la construcción, en este caso, cubiertos por lonas que ocultaban la carga. Cada uno estaba conducido por solo un soldado, aprisionado dentro de su propia armadura, y tirado por dos caballos en la misma tesitura defensiva. Sagaz en la pesquisa, el general pudo vislumbrar pequeñas siluetas puntiagudas en las partes superiores de las lonas coberteras. Esto le sugirió: lanzas en posición vertical, que la carga, celosamente solapada, eran soldados lanceros. Por lo tanto, entendió que debía actuar rápidamente; si esos soldados, cuya fiereza bien conocían sus músculos, lograban cruzar el túnel, con sus escudos podrían sobrecargar la eficacia de los arqueros y comprometer la seguridad de la puerta, o simplemente mantener las defensas ocupadas mientras detrás preparaban un ataque más contundente. Consideró que, disparar varias catapultas, podría flaquear en precisión y mermar recursos más adecuados para enfrentar el embiste de la expectante caballería. Entonces optó por su arma más sofisticada, que como todas las otras ya estaba ajustada y a la orden. Pero para ejecutarla debía realizar unos cálculos más intuitivos que matemáticos, que requerían sorda concentración y férrea templanza. Se encomendó, no a su Dios sino a los modos de su tácito mentor, su subordinado y amigo Elsniidor Kahir.

Cuando los carros se adentraron en el túnel y desaparecieron de su vista, el general Agmadar Fazzart alzó dramáticamente ambos brazos. Desde un lugar menos visible y de manera menos exagerada, el percusionista marcial hizo lo propio sobre su gran tambor. Con la vista puesta sobre los movimientos del general y sin parpadear, los soldados operadores de la Freidora esperaban la orden. " La freidora " era el nombre con que llamaron de manera coloquial y morbosa, en falta de uno propio, a un sofisticado sistema de defensa que consistía en, por medio de dos tuberías internas, una por cada pared del túnel; inundarlo de aceite combustible, para inmediatamente luego de cortar el flujo, y por otro canal, encenderlo. De esta manera, todo lo que estuviera en ese momento transitando ese paso subterráneo, ardería rápida e indefectiblemente. La clave de su efectividad estaba en pronosticar acertadamente el tiempo de avance del invasor y coordinarlo con la operación defensiva. Y esto era exactamente lo que el general estaba interpretando. Dejó pasar el tiempo que, concentrado estaba contando en su mente, y en el momento justo que había calculado, bajo en seco su brazo izquierdo, de manera análoga se escuchó retumbar el tambor, uno de los operadores jaló una palanca, y una cantidad vasta de aceite, con una velocidad furiosa por la altura de la vertiente, inundó la parte más profunda del túnel. Desde ningún ángulo posible se podía percibir que sucedía allí dentro. El general continuó contando en silencio hasta que bajó el otro brazo, el tambor le respondió, y con un cauto proceder, el segundo operador encendió la cola del aceite vertido, el fuego parido corrió y desapareció por el canal hacia el interior del soterramiento. Unos instantes de inmovilismo y silencio se apoderaron de la escena. Desde todas las perspectivas ciegas, la tensión bordeada su punto de ebullición. De repente y por ambos lados del túnel, el demonio emergió vertiginosamente, precedido por un sucinto pero estruendoso rugido que congeló el aliento de los observadores. En una ostentación de ira esplendorosa, retorcía y estiraba sus mil lenguas flamantes. Era un grotesco baile espasmódico que repetía de manera subliminal: dolor, muerte, dolor, muerte...Pensar en las almas sorprendidas dentro de la oscuridad del túnel, resultó ...obsceno. Del lado del túnel que daba hacia la entrada al predio Real, dentro de una bola ardiente, escapó uno de los caballos, que en su horror y desesperación no se percató que su vida había quedado atrás en la profundidad del fuego, dio unos pocos pasos y se desplomó para deformarse por completo.

Del otro lado de la horrenda escena, los Dalaineos observaban en calma. Uno en particular, montado en un impresionante corcel, adelantado al sector donde la caballería aguardaba, con pinta de jefe; traslució desde su rostro, una cierta complacencia ante lo acontecido. Giró aparatosamente sobre sí, haciendo taconear al caballo y gritó unas onomatopéyicas órdenes, que la primera línea de infantería comenzó a acatar de inmediato.

Por su parte, el general Agmadar Fazzart, poseído por Axarras, el cruel demonio de la guerra, ordenó con modales no propios de él, recargar la freidora de manera urgente. La situación estaba haciendo mella en su razón. Si bien, en ocasiones anteriores había estado en el crudo campo de batalla, batiéndose a escudo y espada de frente al enemigo, y había sentido el olor de la sangre y el susurro de la muerte; esta vez, le resultó contrariamente diferente. Tal vez porque a falta de conclusiones gráficas o sonoras, todo había quedado supeditado a su imaginación, no se escuchó un grito, ni un alarido, ni ninguna articulación humana desde el túnel, solamente la implícita muerte, dolorosa y cruel...certificada por el fantasma de un caballo. No les dio oportunidad alguna de esgrimir sus armas, desde una arrogante superioridad, calcinó a, sabe Dios cuantos espíritus fervientes, con solo un par de ademanes desde la distancia. Por el otro lado de su mente, bajo el sordo argumento de cumplir su deber, una fuerza seducida por el morbo, lo impulsaba a continuar, más implicado, más vehemente y más abstraído.

Ante la mirada incrédula del general Agmadar Fazzart, otros dos carros, de idénticas características a los anteriores, salieron del bosquecillo en dirección al túnel. El abrumado líder ya no podía pensar con claridad, hizo hincapié en la desconcertante bravura que estos bárbaros presumían. Se preguntó: ¿Dónde estaría Elsniidor, que no hacía sonar el cuerno, tal vez había perecido ante las fuerzas invasoras? Estaba todo en sus manos ahora? Trató de serenarse y lo logró, se centraría en el momento a momento, como los estratégicos juegos de mesa. Concluyó que no tenía otra opción más para la siguiente jugada, y alzó los brazos. En un deja vu carente de sorpresa, se repitió el drama, acto por acto, con exacta y nefasta similitud, esta vez sin el remate del caballo abrasándose.

En la distancia, el intimidante jinete Dalaineo, miraba con paciente atención, y cuando en la secuela, la bola de fuego emergió en su bocanada, éste mostró una misteriosa satisfacción, como quien goza de los privilegios de una información que aventaja al resto. Lo que ignoraban sus conocimientos superiores era que, a la vez, estaba siendo observado, y quizás por un ente aún más oscuro y perspicaz que él, en el arte de la guerra.

Detrás de las líneas enemigas, respirando sobre sus nucas, felinamente agazapado, aguardaba su momento el general Elsniidor Kahir y sus huestes. Observaba, atragantado con su obligado silencio, como su colega el general Agmadar Fazzart, había desperdiciado las dos cargas existentes de la freidora, para quemar cuatro carros destartalados, llenos de heno, ramas y algunas lanzas, tirados por caballos no aptos para el combate, y conducidos por enfermos mártires. Una estratagema que ya había usado el abuelo de Razud Menekaner en sus tiempos de comandante.

Desde el inicio del asedio, los infantes Dalaineos se mantuvieron empeñados en un sinfín de tareas diversas, compenetrados y fríos realizaban cada una de éstas con suma ligereza y eficacia. Bajo la protección de los altos árboles ensamblaban carros de transporte como fábricas, organizaban el armamento de acuerdo a sus próximos movimientos, talaban, clavaban, asistían a los caballos, entre otras cosas, y se alimentaban y descansaban por turnos, todo bajo el atento ojo de su líder y sus lugartenientes.

Dos carros regresaron de una encomienda, con lo que aparentaba una pesada carga, eran más grandes que los anteriores y eran tirados por caballos visiblemente más fuertes también. Ambos enfilaron directamente hacia el túnel, escoltados por un grupo reducido de soldados. El general Agmadar, atento a la situación, ordenó un disparo seco de catapulta que por poco no dio en uno de los carruajes, pero sí impactó sobre dos de los acompañantes, que fueron reemplazados automáticamente. Esto aceleró las acciones, cuando llegaron a la pendiente del camino, ya con la protección aérea del túnel, en una complicada maniobra contra gravedad, posicionaron los vehículos en paralelo y de culata, con el peso de la carga tirando hacia el declive. Manos a la obra, con herramientas y sin armas, los soldados liberaron la carga hacia la profundidad del camino. Era una enorme cantidad de arenilla seca y muy fina que intentaba acondicionar el trecho y sepultar sus recuerdos.

A medida que el sol se iba poniendo, las acciones enemigas comenzaron a ralentizarse, hasta llegar a un punto muerto en el tiempo que la luna se encendía. Toda la lluvia caída, a lo largo de un día interminable para unos, limpiaron el cielo para dejar una noche clara y fría. El general Agmadar Fazzart, convencido contra su voluntad por un general de su séquito, que a la vez tomó su posición, abandonó momentáneamente la dirección para descansar y recuperarse. Apenas probó bocado con un paladar dormido, y se dejó caer sobre un lecho apropincuado cerca de la torre de mando. Allí con el cobijo de la penumbra, puso a reposar sus ojos e intentó sin éxito desconectar su mente. En la mitad de la noche , y de su letárgico receso, fue interrumpido por uno de sus allegados. Éste venía acompañado por dos soldados empapados, que para su alegría reconoció de inmediato. Eran dos jinetes de la élite de caballería del General Elsniidor Kahir, quien aprovechando la protección de la noche, los había enviado a cruzar nadando, el lago circundante al palacio, para informar así de las novedades.

Ya de regreso en su lecho, el general Agmadar Fazzart encontró su relativo sosiego y pudo conciliar el sueño, aunque luego reflexionaría sobre su falta de temple, y se sentiría miserable.

Elsniidor, luego de un nutritivo tentempié y un corto pero profundo sueño, tomó nuevamente la posta para continuar con su vigilia. En el medio de la noche, cuando la mayoría del destacamento dormía con permiso y el resto esperaba su turno en somnolencia, él apuntó el catalejo hacia la intimidad del enemigo. Fuera del campo visual que ofrecía la torre de mando en el palacio real, los Dalaineos también descansaban austeramente. Hicieron un enorme círculo sobre un arenoso suelo, en la privacidad que los altos árboles alrededor les ofrecían. Lo delimitaron con rocas pequeñas y lo llenaron con leña que luego de arder por un tiempo se convirtieron en brasas. Un ritual extraño para apalear el frío nocturno. Mientras, un implacable Duddum Draznatabor los observaba en cada uno de sus movimientos. Los bárbaros comenzaron a desplegarse sin prisas en función al fuego. De entre el montón, se abrieron paso cuatro Dalaineos, excesivamente más grandes que la media. La mayoría a su alrededor, que ya eran altos y robustos de por sí, les llegaban a la altura de los hombros. Estos sobredimensionados hombres, arrastraban y empujaban, en lo que al parecer eran prisioneros. Éstos estaban atados y desnudos, por su fisiología e higiene no parecían pertenecer a la casta invasora, más bien a ciudadanos del reino. Eran unas veinte personas, indiscriminadas por género o edad. En sus semblantes se denotaba que ya habían pasado del horror a la seminconsciencia, como aquellos que anhelan su muerte buscando un alivio. Los tumbaron sobre el suelo, a varios metros de las brasas, casi apilados, para concentrarlos en un espacio más reducido y así ganar mayor control. Uno de los gigantes tomó una cierta distancia en dirección al fuego e hizo un espacio perimetral a su alrededor, los otros tres se cerraron sobre el montón humano. El resto de los presentes comenzaron a alejarse un poco y a posicionarse ordenadamente en derredor. La bestia en solitario, sacó de entre unos harapos, un instrumento que resultaba en un híbrido entre un hacha de combate y un enorme cuchillo de cocina. Lo alzó con sus dos brazos por encima de su cabeza y gritó el nombre de uno de sus tres colegas, éste cogió a un prisionero al azar, como a un paquete volante, le dio unos golpes por el cuerpo y la cabeza, que retumbaron secamente, y lo lanzó por el aire hasta donde lo esperaba su compañero. Apenas el cuerpo magullado tocó tierra, el verdugo o cocinero, bajó ese hacha repetidamente con una velocidad endemoniada, troceándolo en un desdeñoso orden aleatorio, pero preciso en la paridad de los tamaños cercenados. El horrorizado corazón, gritaba a su manera, disparando viscosos chorros de sangre sobre la inclemencia de su predador, éste tan indiferente como habilidoso, a media labor, interrumpió el trinchado para arrancar las vísceras con sus fuertísimas manos y así continuar más cómodamente. Cuando alcanzó una uniformidad entre medida y cantidad de trozos, los fue arrojando sobre las brasas. Los comensales, sin precipitarse, fueron de uno en uno pinchando los pedazos con sus lanzas o espadas, para asarlos a gusto y luego degustarlos plácidamente, sentados contra los gruesos y templados troncos de los árboles. En tanto, la faena se repitió dieciocho veces más, alternando las posiciones de los carniceros. Y fueron dieciocho porque en un descuido, un intrépido chavalito, que quizás por su condición de tal no había sido vapuleado lo suficiente, se escurrió por entre las piernas de uno de sus captores y corrió raudo entre los brutos, hasta que un espabilado lo ensartó con su lanza y lo levantó del suelo para arrojarlo directamente al centro el fuego, donde por su osadía, ardió dolorosamente hasta su muerte y al igual que sus pares cumplió su destino gastronómico.

Elsniidor Kahir, ante tanta miseria, agradeció ser el único espectador de su lado en presenciar tal atrocidad. Otros ojos civilizados habrían sucumbido al terror. Precisamente, lo último que el general necesitaba, era un viento de flaqueza sobre la valentía de sus soldados en vísperas al combate.

La luz que precede al sol, iluminó el cielo sin despertar a nadie, todos habían saludablemente madrugado. Desde lo alto de la torre vigía, un renovado general Agmadar Fazzart ordenaba y controlaba posiciones, también en lo alto pero desde otra torre en una posición más retirada, el rey Usufur Rakart observaba preocupado. Con la complicidad del paisaje, un millar de Dalaineos rabiosos se desplegaban hacia una operación ofensiva. Detrás, sediento de ese vino que hace tanto tiempo no bebía y secretamente anhelaba, el comandante Duddum Draznatabor ordenaba formar en sigilo. Y desde el cosmos, en la omnipresencia divina, todos sus dioses respectivos cruzaban perspicaces miradas y soltaban sus últimas apuestas…

Las sombras del bosque vomitaron una marea de prestos bárbaros que corrían exacerbados bajo sus escudos en dirección al túnel. Los acompañaban unos pocos carros de carga, bien custodiados por escoltas, unos de arcos y otros de escudos. Se movían a un ritmo frenético, la premisa era sorprender por medio de la velocidad, intensa y sostenidamente, para saturar las defensas de la entrada. Atento a la ofensiva, el general Agmadar Fazzart ordenó repetidos disparos de catapulta que impactaron en el nacimiento de la horda, causando relativas bajas pero sin menguar las acciones. Al tiempo, apuntó el grueso de los arqueros a la salida del túnel. Cuando los invasores comenzaron a salir, copiosos y expansivos, fueron recibidos por una lluvia de flechas. Muchas fueron truncadas por los escudos dispuestos en techo, pero otras tantas, disparadas por diestras manos entrenadas, se colaron por los pequeños flancos vulnerables e impactaron en tobillos, gargantas y algunos ojos. De la misma manera, respondían los arqueros enemigos desde la protección del túnel, cubriendo a los suyos en su enajenada carrera hacia la puerta. El predio se colmó rápidamente, los decididos guerreros se expandieron de manera uniforme como un líquido en su recipiente. Indiferentes a la represalia y sus muertes, unos disparaban ascendentemente, otros se pegaban a los muros y lanzaban sus anclas y para escalarlos. Tres ballestas rodantes emergieron de la profundidad y dispararon sus arpones contra algunos grupos de arqueros que hostigaban exitosamente el ataque. Estos particulares proyectiles, del largo de una persona, con una afilada y contundente punta de acero, además de desintegrar un soldado acorazado, eran capaces de clavarse en la profundidad de un muro. Poseían a la vez, unas cadenas, sujetas en sus inicios a mitad del astil y terminadas en afiladas puntas también, que se desplegaban en el aire y al momento del impacto podían arrastrar o ensartar objetivos consecutivos. De hecho, cinco arqueros alineados de lado, que estaban disparando sus flechas continuadamente sobre una ofensiva de escalado, fueron sorprendidos desde su perfil por uno de estos crueles instrumentos bélicos. Por su inoportuno posicionamiento hacia el disparo, dos de ellos fueron atravesados simultáneamente, por debajo de la axila derecha. Cuando la punta irrumpió por el orificio de salida, escupió añicos de huesos entreverados con elásticas vísceras, en un pico de sinfonía carmesí. Los otros tres fueron alcanzados por los tentáculos y sus aguijones, que clavaron la carne y se anclaron en los huesos. Todos volaron arrastrados por el impulso para finalmente caer al vacío. Pasaron por delante mismo de la nariz del general Agmadar Fazzart que, estupefacto, pudo oler la estela de sangre que dejaba su recorrido.

El general Elsniidor Kahir, desde su anonimato, aguardaba expectante el momento exacto para su entrada en escena. Desde su posicionamiento privilegiado, podía seguir las acciones con relativa nitidez y por más brutales que éstas fueran, no se permitiría precipitarse ni en un átomo más o menos de lo que estrictamente sus cálculos sentenciaban. Hasta que un movimiento extraño le llamó singularmente la atención, algo que su enciclopedia bélica virtual no contemplaba y él tampoco podía predecir...

Como una pieza diferencial dentro de una enorme maquinaria, un grupo de infantes Dalaineos tenían una misión que no admitía distracciones ni retrasos. Conducían y protegían un carro y su cargamento en particular. Ciegos de su entorno hostil, ya habían sorteado disparos de catapulta, rodar sobre sus propios muertos y una batería de proyectiles cruzados. A medida que avanzaban hacia su meta, su contundencia se des escamaba en bajas, como un meteorito fragmentándose al cruzar la atmósfera. A rastras llegaron a la puerta del bastión, que era su objetivo, allí descargaron y, meticulosamente, apostaron en su base, una docena de barriles, mientras esquivaban o encajaban flechas represivas. En esa incomodidad de vida o muerte, mientras unos tantos hacían milagros con los escudos, otros tres se dedicaron, con una destreza admirable y un pesado mazo de cabeza punteada en uno de sus lados, a perforar con cuidado y exactitud, cada uno de los barriles en su parte inferior hacia la puerta. Cuando un espeso líquido comenzó a salir por las perforaciones, todos los atacantes se replegaron rápidamente hacia la protección del túnel. Al momento que el ácido tocó los rudos materiales con que la gran puerta estaba construida, empezó a soltar un humo tóxico que se elevó y expandió una furia similar a la del fuego. Cuando alcanzó a los arqueros arriba, éstos cayeron fulminados, no sin antes experimentar un dolor invasivo, abrasador e inconsolable.

Ante este horror y desconcierto, Agmadar Fazzart ordenó de inmediato, reposicionar las fuerzas defensivas fuera del área comprometida. La nebulosa continuó elevándose y creciendo a su ritmo veloz y rizado. Afortunadamente, no había viento para desviarla de su cauce ascendente y natural, de lo contrario se convertiría en un poderoso tercero en discordia, un enemigo más, que atacara tanto a unos como a otros. El general entendió, o quiso entender, que esta amenaza continuaría por un tiempo determinado, subiendo y esparciéndose por las alturas, hasta finalmente desaparecer. De hecho así sucedió, lo que desafortunadamente no consideró, fue que cuando la nube terminó por disiparse y permitió la visual nuevamente, ya no tendría más su gran puerta acorazada...

Los Dalaineos, cautelosos para con su demonio, no se movieron hasta que los gases desaparecieron por completo. Esto dio tiempo al general Agmadar Fazzart a balbucear sus últimas órdenes de emergencia, antes de montar hacia el combate. Abocó todas las fuerzas militares remanentes a bloquear la entrada. La infantería se plantó por delante, seguida por una improvisada caballería, solamente los tiradores más eximios permanecieron en las alturas, y una reducida brigada acudió a custodiar la torre donde la familia real se cobijaba. Valiente, el general se posicionó liderando la caballería en el epicentro de las acciones, y dispuesto a morir, pero no en vano, repitió varias veces la consigna:_ Resistid, resistid hasta el final y más, resistid por nuestras familias!

Toda la fuerza invasora, aglomerada en el túnel, se disparó furiosa hacia el vacío que dejó la puerta al expirar. Al desalojar ese espacio, la flamante caballería, finalmente comenzó a activarse. En principio adoptaron una aguda formación triangular, que se fue estrechando a medida que su punta se adentraba en el pasaje. Marchaban a un ritmo ágil y ordenado, supeditados a la labor de sus subalternos delante. El líder se centró en las líneas levemente por detrás de los primeros. Su figura era evidente, jamás podría camuflarse como un soldado más. Su altura acariciaba los dos metros, forrado en peludas pieles y armaduras, sobre un percherón más grande que el resto, su estampa se agigantaba imponente. Melena y barba, largas como nunca recortadas, de color gris muy claro y amarillento, contrastaban con una piel de marino, oscurecida y ajada por el sol y la sal. Profundísimos ojos, de color imperceptible a la distancia, escondidos bajo una prominente frente de arco superciliar más pronunciado aún, tallado por cicatrices, remataban categóricamente, la representación física de un guerrero prevalente y dominante.

Elsniidor Kahir, desde la aparición de ese carro, de misteriosa carga y tan sacrificadamente custodiado, había presagiado algo turbio que se escapaba a su comprensión natural. Esto no lo inquietó como para precipitarse, pero sí incrementó su nivel de alerta y en consecuencia fue ultimando los detalles para cargar. Cuando la calamidad, inevitable a la distancia, ocurrió, fue la primera vez que desde la puesta en marcha del plan defensivo, surgía una variable no contemplada. El comandante fue punzado en su mente por dos imágenes simultáneas, la de su amada Foebbe, y la del rey Usufur Rakart. La gravedad de celebrar un sangriento combate en terreno civil ya era un hecho y su responsabilidad. Había sentido lo mismo, cuando las fuerzas imperiales de Razud Menekaner lograron sitiar a sus Runitas contra el desierto, esta postal de desdicha, despertó al perro famélico oculto en su interior. Sus, hoy abnegados soldados habían superado con creces los ciclos de concentración y entrenamiento, y ya estaban listos y ansiosos para graduarse en caliente. Sin extenderse en explicaciones tácticas, les explicó la adversa situación geográfica y que atacarían a la caballería enemiga por su retaguardia, y puntualizó en una orden estricta. Deberían hacerlo por parejas sobre un solo enemigo, alegó al respecto, una ventaja por superioridad numérica de su parte, lo cual era una verdad a medias que ocultaba el propósito real. Lo cierto fue, que el enemigo era imponente en salvajez y tamaño, por ende para la moral de los suyos, resultaba fundamental ser exitoso en el primer golpe. Esto era muy factible bajo esta estrategia, ya que para cuando atacaran, la mitad de la fuerza invasora estaría del otro lado del túnel, con pocas posibilidades de maniobrar en reversa, además que los remanentes de este lado, serían sorprendidos de espaldas. Y sin más dilaciones, hizo pasar la voz de guerra y ordenó la carga. _" Es hora de apagar la sed...con sangre!"

Los poderosos Dalaineos chocaron contra las fuerzas del reino, lideradas por el general Agmadar Fazzart, cuando éstas atravesaron el arco de entrada. Allí se celebró una ardua pulseada, donde la consigna era contener al invasor fuera, mientras los arqueros hacían su laborioso trabajo de hormiga y las catapultas recibían a la caballería detrás, desde la distancia.

Los valientes y bien aprendidos soldados en primera línea, arrojaban sus lanzas con un buen porcentaje de aciertos, para luego batirse en una depurada esgrima que contrastaba con la fuerza arrolladora de los bárbaros. Las hojas de las espadas reales, se hundían quirúrgicamente en yugulares, ingles y axilas; cuando los mazos, hachas y mandobles enemigos, aplastaban cráneos dentro de sus cascos, cercenaban extremidades completas, y partían anatomías por mitades. Las flechas certeras ayudaban a equilibrar la matemática de las contiendas de cuerpo a cuerpo. Cuando un Dalaineo superaba la distancia de defensa individual y embestía, dos soldados aturdidos eran eyectados por los aires.

Agmadar Fazzart y su fuerza montada esperaban y controlaban las filtraciones, que hasta el momento, eras pocas gracias al buen desempeño de sus infantes. Pero el poderío invasor era exagerado, y ese goteo en breve se convirtió en un chorro que intensificó la labor defensiva interior. Los jinetes cruzaban de lado a lado, atacando las filtraciones de manera individual, tratando de evitar que el enemigo se reagrupe. Pero cuando éstos lograron juntarse y formar, se produjeron las primeras bajas del ejército dentro. El escenario más temido comenzaba a tomar forma, una sanguinaria batalla en territorio civil. Y en ésta, el general se estaba desempeñando, hiperactivo y eficaz, dirigía las acciones con soltura, a la vez que hundía su sable en los músculos adversarios. Un joven jinete, muy audaz en su menester, embistió un grupo de Dalaineos a la carga, con su lanza firme, atravesó a un obeso guerrero que por su condición era objetivo fácil de acertar. Pero en sus buenas intenciones y falta de experiencia, intentó retraer el arma de esa masa mórbida, esta pericia lo retrasó unos segundos vitales, donde otro Dalaineo con un brutal golpe de espada, le seccionó limpiamente el brazo por encima del codo, que huérfano quedó aferrado al astil. Sin pleno conocimiento de lo sucedido, el muchacho continuó la carrera inundado por su adrenalina, unos metros detrás, fuera del fragor, se percató de la irremediable herida y se recostó sobre el cuello del caballo. El animal incómodo con las riendas holgadas, corcoveó y el jinete cayó sobre el polvo, instintivamente corrió hacia ningún lugar, emanando sangre a borbotones, hasta desvanecerse sobre unos postes. Sus pares, sobrecargados con las acciones, nada pudieron hacer para socorrerlo. Entonces, allí sentado, inmerso en su desazón, tras unos minutos de respiración entrecortada se dejó ir. Cientos de ojos escondidos y temerosos fueron testigos de la grisácea escena, un contundente golpe de realidad que el mismísimo rey encajó desde la distancia y la impotencia.

El tremebundo líder Dalaineo, comenzó a impacientarse con el retraso de su infantería. Para ese momento ya deberían haber cruzado la entrada y posibilitar el paso limpio de su caballería, pero todavía más de la mitad estaban atascados afuera pujando y siendo blanco de las fechas. Con cada minuto su fisionomía se fue contrayendo, en sintonía con su corcel que también resoplaba y taconeaba ansioso. El punto de ebullición no se hizo esperar, y el temerario titán se lanzó a la carrera seguidos por sus bravos. En su arremetida no esperó a que los suyos se disiparan de manera ordenada, simplemente les pasó por encima, aplastando a los que estorbaban la carga. Tanto así que cruzaron la tupida entrada explosionando bárbaros y soldados por doquier.

En el mismo instante que el líder invasor cruzó la entrada al predio gubernamental, las últimas líneas de su tropa del otro lado del túnel, eran atacadas por las huestes del general Elsniidor Kahir. Como un látigo ensañado castigó la desprevenida espalda de la imponente fuerza montada Dalainea. El general a la cabeza, lanza en mano, se abría paso ensartando jinetes desde atrás para hacerlos rodar mortalmente heridos, bajo las patas de su caballo. Sus camaradas, ceñidos al plan, atacaron por pares sobre un enemigo a la vez de manera rápida y sorpresiva, lo que resultó una maniobra aniquilante en un principio. Así continuaron corroyendo la solidez de la piña invasora desde su rezaga. Elsniidor Kahir arremetía con la contundencia de un relámpago, exacto y veloz no dejaba lugar a la reacción, como una máquina de precisión ejecutando su labor milimétrica. Esta gélida eficiencia, a la hora de matar, repercutía sobre sus seguidores como el aliciente óptimo para afrontar semejante consigna.

Los jinetes bárbaros en la profundidad del sendero, portaban antorchas encendidas que se fueron apagando a medida que éstos iban cayendo por las traicioneras lanzas de la caballería real. Esta oscuridad incipiente avanzando, provocó el desboque de la horda hacia delante, como una gigantesca ola de tensos músculos que irrumpió desde la salida del túnel y rompió sobre la ya aglomerada puerta del bastión. Cuando el último jinete bárbaro dejó el túnel atrás, ya una gran parte de ese ejército estaba luchando dentro del predio, entonces por motu proprio la otra parte restante fuera decidió darse la vuelta y enfrentar a la inesperada fuerza hostigadora del general Elsniidor Kahir.

El rey Usufur Rakart, cuando vio la plaza inundarse de salvajes bárbaros, que lento pero seguro, fagocitaban a su amado ejército, cayó en un estado de pánico e impotencia. Tanto así que en su aflicción e insensatez, ordenó su armadura y su corcel para bajar a batirse honorablemente junto a sus súbditos. Uno de sus consejeros, tan atento como él al seguimiento de las acciones, trató de hacerlo desistir o al menos logró distraerlo por un momento, cuando desde otro posicionamiento visual, le señalo un comportamiento extraño en las fuerzas invasoras del lado exterior. El rey escéptico e hipnotizado con la sangre derramada a sus pies, se mostró reticente al principio, creyendo en la buena fe de su asesor intentando abstraerlo del dolor, pero luego cedió y se movió hacia ese sitio. Y en efecto, con asombro observó que la horda afuera, ahora estaba formando de culo a la entrada. No tuvo tiempo de conjeturar para cuando, absorto vio como desde las tinieblas de esa tumba colectiva, emergía, bañada en sangre y arrastrando pedazos de cuerpos entreverados con correas y armaduras, la necrófaga efigie de su general Elsniidor Kahir. Sin resultados ni prematuros pronósticos, esta aparición le devolvió la respiración y la esperanza...

Detrás de los muros, la batalla comenzó a declinarse desfavorablemente para el agotado ejército real. Los caballos enemigos eran significativamente más grandes y sus jinetes también. En la lucha uno a uno era muy dificultoso vencerlos, y tampoco los reales contaban con la superioridad numérica. A su favor, les quedaba una depurada estrategia de combate, logro de un arduo entrenamiento, y la maestría y determinación de su líder, Agmadar Fazzart. El general, afinado en sus movimientos, se escurría indemne de entre las bestias con gran agilidad, y en estas fricciones lograba herirlos sutilmente. Varios de estos jinetes bárbaros cayeron desangrados tiempo después de ser heridos de manera apenas perceptible. Desafortunadamente esta magistral esgrima no pasó desapercibida para el líder Dalaineo, quien a través de lidiar tantas veces dentro de la turba y ser herido desde sus puntos ciegos, había adquirido la capacidad de individualizar sus ojos. Sin dejar de matar, había percibido el liderazgo del general Agmadar Fazzart cuya antitética figura, de flameante capa y brillosa armadura, lo insultaba y despertaba su más profundo odio. No solo el comandante bárbaro se había percatado de la fortuna del general sorteando la muerte, sino también varios de sus lugartenientes que lo identificaron como presa de caza mayor. Uno de estos consiguió bloquear una de sus exitosas escapadas. El general, en ese momento y ya sin recursos para valerse, pudo divisar el diáfano rostro de la muerte y solo atinó a pensar en su despedida. Abrió grande los ojos para condenar a su verdugo, y en ese micro instante, vio como una meteórica lanza atravesaba la malla metálica que protegía el cuello del bárbaro, casi para decapitarlo. Entre los tantos pensamientos e imágenes que la mente proyecta simultáneamente en esas situaciones extremas, el general optó por creer que su amigo Elsniidor le estaba rescatando...

Lejos de esa creencia in extremis por parte del general Agmadar Fazzart, su amigo Elsniidor Kahir aún se encontraba en el exterior, a varios metros de distancia y con una hostil masa de carnes y huesos bárbaros por medio. Allí afuera, la aritmética favorecía al ejército real, pues éstos eran más, pero sin poder hacer valer esa cara de la supremacía, ya que el predio era demasiado pequeño para maniobrar. Pero a la vez, en la física, se equiparaban las fuerzas, porque si imaginariamente se pudieran pesar a ambas fuerzas, la balanza se inclinaría a favor de los salvajes. Y en esa puja de poderes, un factor determinante era el implacable comandante Runita, que en su estado de posesión más sanguinaria, arremetía una y otra vez y otra... Arrinconaba y asfixiaba a la feroz horda contra los muros. Cada vez que chocaban, se producían rojas bajas aleatorias por ambos bandos, pero nunca la suya, ni cerca de engordar esa lista. Sino en cada carga, su hambre lejos de satisfacerse, clamaba más vidas y más riesgo. Tanto así que en ese trajín, el enemigo comenzó a temerle y tratar de evitarlo.

Cuando el general Agmadar Fazzart despertó de su sueño de muerte y buscó a su salvador, cayo en la sorpresa de una realidad adversa. Esa oportuna lanza purgatoria no había sido empuñada nunca por su camarada Elsniidor, sino por el bestial líder enemigo. Entre las creencias paganas de los bárbaros, quien, honorablemente terminara con la vida del líder rival, tendría la potestad de apropiarse de la victoria y de esta manera, pujar por el liderazgo de la tribu. A sabiendas que desde el mismo momento de intentar la ejecución ya sería pasible de las hostilidades del agraviado jefe en vigencia. Y así fue como este ambicioso insensato, pudo ver desde otra perspectiva su propia anatomía, durante esos más o menos veinte segundos que una cabeza separada del cuerpo conserva...

Acto seguido, se abrió un corredor estéril entre ambos líderes, como abstraídos en una dimensión alternativa a la batalla. Gentil en su arrogancia, el gigante bárbaro relajó su postura para dar el tiempo necesario a que el general se reincorporara en escena, trace una estrategia de duelo y elija su arma. Agmadar Fazzart no tardó en entender que estaba sucediendo y lejos de atemorizarse, se preparó para la contienda. Para esas alturas, ya había evitado su muerte en numerosas oportunidades y a expensas de estas, tantos otros habían caído. Como el duelo se perfilaba hacia una clásica carga frontal donde quien primero aseste su golpe mortal se llevaría la victoria, consideró ante la diferencia de tamaños, envainar su sable y optó por una lanza. Solamente encomendó a su fortuna, para cuando atraviese a la bestia, soltar a tiempo el astil y evitar la explosión que produciría el embate entre ambas velocidades encontradas. El líder enemigo inició una carrera discreta al mismo tiempo que el general hacía lo propio. Hasta allí, el procedimiento era de libro, pero en un movimiento inusual, acompañado de mal presagio, el bárbaro antes de acelerar el galope, soltó la pesada hacha que blandía hacia el suelo y empuñó las riendas con ambas manos. De esta manera potenció su velocidad al máximo para transformarse en un bólido viviente de mil kilos. El general no se dejó distraer por el desarme de su adversario y se enfocó en su propia técnica. Esa que nunca pudo aplicar, porque su rival, en una ensayada y pulida maniobra, un micro instante antes de pasar por su lado en la carrera de duelo obligado, brusca y temerariamente cruzó su percherón por delante. La propulsada bestia se estrelló contra el raudo corcel contrincante, al tiempo que su cruel amo, saltaba para rodar ileso sobre el polvo. El hidalgo caballo real, en su inferioridad física, murió en el acto atravesado por sus propios huesos. El descomunal percherón, en su inocencia, quedó herido de muerte por la propia fuerza del impacto. Y el noble general, en sus honorables intenciones, voló inconsciente y desguarnecido para estrellarse contra el suelo. El abominable enemigo se incorporó y sin pausas ni prisas, caminó hacia el malogrado general que lentamente recobraba el conocimiento. Agmadar Fazzart, bajo la sombra que proyectaba el bárbaro, se alzó con dificultad y desenvainó su sable. En ese instante fue abducido por el pensamiento del fatídico tobillo de Utorh Golbag. Pero para este caso, no debía relajar sus músculos para el vaivén elástico que la sorpresiva estocada requería, porque de hecho, ya estaba endeble y tambaleante. Relampagueante como la mordida de una serpiente, la mano del bruto agarró por el pulso al brazo que empuñaba el sable y lo dobló para posicionarlo por detrás de la espalda del abatido general. Sin necesidad que éste soltase el arma, lo alzó verticalmente para aprisionarlo contra su cuerpo hasta la altura que ambos rostros se emparejaron. Allí, con odio y desprecio, lo miró fijo a los ojos, que desvariaban por la falta de oxígeno. Entreabrió la boca para enseñar sus dientes de gama ocre, exhalaba un pestilente aliento sonorizado con un cascado y metálico gruñido. El general lo observaba entregado, en su ingenuidad esperaba por una muerte digna. No así, las fauces de su predador se abrieron y hundieron los dientes inferiores en su rostro, por debajo del labio superior, lentamente, para afirmar la mordida. Agmadar Fazzart, preso de la incredulidad y el terror, esbozó lo que pretendía ser un grito pero que se quedó en quejido. El bárbaro con la boca aferrada a la fisionomía del general, retrajo el cuello con fuerza hacia atrás, al tiempo que abría los brazos y dejaba caer su presa, este contrapeso posibilitó que le arrancara media cara. Si bien la horrenda y dolorosa herida no era de muerte, el alma del militar optó por expirar y dejar un montón de materia viviente desparramada por el suelo. El verdugo con los brazos abiertos en cruz, giraba lentamente en una representación de victoria, como cuando un gorila se golpea el pecho. Mientras enardecido miraba a sus espectadores de uno y otro bando, fue engullendo a bocanadas lo que hasta hace un momento había sido el semblante de su adversario. Luego con facilidad y desdén, alzó esos restos humanos, que aún con vida yacían a sus pies, y asestó un último tarascón sobre el cuello para arrancar la yugular. De esta manera penosa y todavía empuñando su sable, el jefe del ejército real, general Agmadar Fazzart dejó de existir, murió en combate, dejando su impronta de honor y entrega. Se fue de la batalla y de este mundo, con la angustia de ignorar el futuro de todo lo que amaba, y por lo que había luchado. Rico en vida y pobre en muerte, careció de pronunciar un adiós…

Afortunadamente, el rey no presenció la atroz escena porque estaba atento a las acciones fuera lideradas por Elsniidor Kahir. Pero pronto fue ayornado con la fatal noticia. El sargento portador de la novedad prefirió no ahondar en detalles y simplemente notificar la baja. El soberano en su interior, tuvo que recurrir a esa sorda entereza de líder, y no desmoronarse en esos momentos cruciales para la continuidad de su reino, y así posponer su pena. Sus esperanzas cojeaban, y el equilibrio lo mantenía la tozudez de un solo súbdito.

El líder Dalaineo, con sus barbas ahora rígidas y teñidas de borravino, se apropió de otro percherón perteneciente a alguno de sus caídos, y continuó dirigiendo la lucha en el interior. Con la muerte de su principal enemigo, la continuidad del combate se le tornó mecánica y aburrida. Los soldados del ejército real persistieron con sus maniobras defensivas casi por inercia, y sistemáticamente fueron de uno en uno cayendo. Pero para el jefe bárbaro, su escasa matemática no le cuadraba, aún con la balanza a su favor la meta quedaba todavía cuesta arriba. Matando a diestra y siniestra le resultaba difícil el análisis y todo le parecía muy lento. No entendía porqué el campo no estaba ya colmado por todos los suyos…

Lo cierto era que media caballería invasora y otros tantos infantes estaban aplastados contra el muro exterior, siendo azotados a voluntad por un demonio cuyo fuego había dormido por demasiado tiempo. Los Dalaineos fuera, asfixiados por las constantes arremetidas del general Elsniidor Kahir y sus consecuentes bajas, desistieron de avanzar y recularon maltrechos hacia en interior. El general al ver sus espaldas nuevamente, lejos de tomar un respiro, pujó por aprovechar esa posición ventajosa y presionar más aún. Vehemente, ordenó a su legión a cargar en fuerza y en triángulo, de esta manera él, liderando la punta, ingresó al predio empujando cadáveres. Sus jinetes detrás se fueron cerrando al entrar, en tanto con lanzas y espadas, acribillaban a los rezagados contra los muros.

El jefe bárbaro, holgado en su menester, marchó solo hacia la entrada en busca de respuestas. Cuando allí estaba llegando, su propia horda le estalló en el rostro, como una erupción volcánica, y detrás de ésta, la caballería real. Tuvo que maniobrar forzado para no ser atropellado. Rápidamente comprendió que no había contado con esos cientos de jinetes enemigos y que su posición era desventajosa. Pero a su favor, no poseía una amplitud mental que le permitiera comenzar a conjeturar sobre la situación, y se dedicó más bien a lo suyo. Empezó a escupir órdenes a gritos y esto trajo una relativa calma a los suyos, quienes acataron a voluntad esas directrices. De esta manera logró restablecer la formación. En principio retrocedieron lo más veloz posible para tomar distancia de sus persecutores, cuando alcanzaron una distancia significativa para iniciar la maniobra, comenzaron a abrirse en lo que a primeras formaría un arco, y hasta allí llegaron. Porque detrás no tenían una panda de ingenuos principiantes cebados por su ímpetu, sino una legión adiestrada a obrar bajo órdenes precisas y tácticas. El general Elsniidor Kahir, inmediatamente se dio cuenta de las intenciones del líder enemigo, que ante su inferioridad en número y su superioridad en fuerza, pretendía embolsar al ejército para luego atacarlo por todos los flancos. Así fue que ordenó detener las acciones y formar. Retrocedieron para evitar que el invasor se adentrase en la ciudad y se extendieron en líneas horizontales tratando de abarcar el mayor ancho posible de la superficie. Mientras tanto, la horda bárbara no tuvo más opción que hacer lo mismo, y fue así que las dos fuerzas quedaron enfrentadas. Entonces se produjo un voluntario receso, donde bajo un murmullo predominante y una mutua vigilancia, ambos bandos se abocaron a realizar todas aquellas necesidades imposibilitadas por continuidad del combate.

El rey, en un estado de extrema tensión, era solo un espectador en los acontecimientos que regirían el futuro. Rodeado por su séquito, observaba la panorámica. Pese a la enorme mengua de las fuerzas invasoras por mano de sus generales, todavía le parecían muchísimos. Desde la altura y la distancia se podía apreciar la intimidante diferencia de tamaños. Se preguntó en qué infierno crecerían esos seres monstruosos …

Elsniidor Kahir, al trote recorría de punta a punta sus líneas, ordenando y animando a los soldados con palabras de hondo calado, "El valor de la vida y la muerte lo determina su lucha"…Sus subordinados nunca lo habían visto tan expresivo, y esto los reconfortó. Su impronta de invencibilidad, certificada por sus logros, los exhortaba a luchar y morir complacidos. La fascinación los había abducido al fanatismo, y esta condición resultaba óptima y determinante para los sucesos a venir.

Enfrente, algunos bárbaros, bajo la cautela de otros, pululaban recolectando utilidades de entre los muertos. En casos, les cortaban algunas partes de carne mórbida y se las pasaban, simplemente para alimentarse. El líder señaló a sus allegados, el paisaje que los rodeaba, grandes construcciones, parques y jardines, casas decoradas, entre otros. Y, de manera rudimentaria, les dio a entender que todo ese paraíso estaba al alcance de sus manos, o de sus armas. Esa fue su máxima expresión de elocuencia para llamarlos a un combate extremo. En ese ínterin de reacomodamiento, en ningún momento dejó de observar los movimientos del frente adversario, y aunque estuviese ciego, también habría detectado la presencia del general Elsniidor Kahir. Desde que comenzó a escudriñarlo le llamó enigmáticamente la atención, algo simplemente no cuadraba. El Dalaineo había participado en las exitosas invasiones anteriores, y también en numerosos seguimientos espías, estudiando las cualidades del reino. Incluso tenía identificado al general Agmadar Fazzart como único jefe militar, pero este personaje allí delante liderando las tropas, simplemente no encajaba. Si bien lucía uniforme y armadura del ejército, un ojo sabio y memorioso podía percibir, casi subliminalmente, los sustratos de su pasado.

En un momento determinado, todos los tímidos movimientos y los sordos ruidos se paralizaron al unísono, como un imperativo del inconsciente colectivo. La tensión se tornó insostenible y se produjo el estallido. El general Elsniidor Kahir ordenó la carga frontal y el jefe bárbaro respondió de inmediato. La infantería real se adelantó a la caballería para con sus largas lanzas tratar de detener en cierta medida a los gigantescos caballos rivales. Los invasores, en su inferioridad numérica, marcharon todos juntos en solidez y velocidad. Cuando se produjo la estruendosa coalición, en efecto algunos percherones fueron heridos de muerte por las lanzas, como también estos lanceros fueron aplastados mortalmente o despedidos por los aires. Algunos arqueros remanentes se abrieron por detrás de la caballería e intentaban hacer blanco sobre los bárbaros desde fuera de la trifulca. Los jinetes reales tenían por consigna no chocar de frente con sus homólogos enemigos, sino a atacar por los lados y con algún oportuno refuerzo. Por el contrario, los jinetes bárbaros embestían frontalmente con la contundencia producida por la velocidad y el tamaño, de esta manera golpeaban varios objetivos a la vez. En esa cruda temática se sucedían las acciones, con sangrientos y dolorosos entreveros, y, carreras y cargas por un lado o por el otro. La afinada técnica marcial aplicada por el ejército real estaba surtiendo efecto, pero hasta cierto punto, porque el poderío bárbaro era un tiburón hambriento nadando en sangre. Feroces y obstinados, no retrocedían ni declinaban, y al igual que el ejército real, su motor era su líder.

Elsniidor Kahir, nunca había echado tanto de menos a su malogrado corcel como en ese momento. Su actual caballo era formidable, ágil y bien entrenado, resultaba una extensión más en su cuerpo. Pero la diferencia de envergadura con respecto a los percherones enemigos lo limitaba para ciertas maniobras de ataque, así como la estatura por debajo de esa media, disminuía el campo visual para el jinete. Quizás éste fue el detonante por el cual el infalible general, en la fricción del tumulto, no pudo percibir al gran jefe invasor acechándolo hasta que fue tarde. En esos pocos segundos, que absorbían la atención completa de Elsniidor Kahir al momento de batirse contra un jinete Dalaineo, fue cuando el líder aprovechó para atacar. Embistió transversalmente destrozando las costillas del caballo y haciendo volar al general, que cayó rodando por el suelo y se alzó elegantemente. Ya de pie, frente a su paradigmático oponente, se sorprendió por primera vez en mucho tiempo, y no por su intimidante estampa sino por sus palabras. Desde la altura que le proporcionaba su caballo, eclipsando la luz del ocaso, el bárbaro se pronunció alto y claro con su voz ronca, en una lengua que el comandante Duddum Draznatabor no había olvidado. _ Perro Runita, aquí y ahora morirá tu mentira!...

El comandante, a pesar de la sorpresa, prefirió posponer las interrogantes y concentrarse de pleno en la amenaza. Debía pensar y actuar rápidamente, estaba de a pie, frente a un gigante montado en un caballo gigante, sin una lanza para ganar una distancia de defensa, y su mandoble había volado incluso más lejos que él. El experimentado salvaje, que ya hacía tiempo que lucía cabello blanco, sabía a lo que se enfrentaba, no subestimó al rival y tomó una prudente distancia. Entendía que desde esa altura, su hacha no sería infalible, y no consideró abandonar esa lograda ventaja desmontando. Miró a su alrededor y con uno de sus onomatopéyicos rugidos, ordenó a un par cercano por la enorme espada que estaba usando. El bárbaro obediente se la arrojó y paradójicamente, un segundo después, murió alcanzado por una lanza ascendente que con su arma hubiera evitado. El líder, ahora empuñando una espada, que con poca de pericia podía alcanzar el mismo suelo, cargó contra su objetivo. Elsniidor lo esperó impertérrito, enfocó todos sus sentidos en dos puntos: el hombro de su adversario, para saber por dónde vendría su arma, y las patas del animal, por algún imprevisto cambio de dirección. Entonces cuando la sombra ya había cogido velocidad, se llevó su mano derecha hacia su espalda por arriba de la nuca. El avispado bárbaro percibió este movimiento y alteró levemente su trayectoria hacia la izquierda del general para evitar cualquier sorpresa por parte de ese brazo. Cuando ambos titanes llegaron a "la distancia del dinero ", el Dalaineo bajó su espada con precisión, a donde él creía que su oponente se movería para evitarla. Pero su correcta intuición le falló, porque el impredecible Runita se movió hacia adentro de la acción por debajo del caballo, y con la velocidad de la lengua de un sapo, desenvainó el sable corvo que llevaba en su espalda. Era corto, de hoja ancha y extremadamente afilada. Así, agarrándolo con ambas manos y en una fracción de segundo, golpeó la pata delantera izquierda de la bestia. La fuerza en contra ayudó, y el arma cortó la extremidad de cuajo, por la parte superior del húmero casi alcanzando la escápula. Pero el temerario comandante no pudo sortear el riesgo en el que había incurrido y fue arrollado por las patas traseras. El jefe bárbaro no comprendió lo sucedido hasta que estrelló su rostro contra el suelo.

Los dos pilares quedaron aturdidos y tendidos sobre el polvo, en medio de una batalla multitudinaria. En esa situación, cualquier paria, tanto de un bando como del otro, podía finalizar con las respectivas leyendas de estos dos colosos. Pero a veces la fortuna es un espectador sibarita y actúa a su antojo. Elsniidor Kahir, se levantó como pudo e inmediatamente se quitó la coraza pectoral. Si bien era de metal, el golpe la había hundido tanto que era imposible respirar con esta puesta. Lo siguiente fue divisar su sable, que cogió rápidamente y blandió a su alrededor, pero su contendiente estaba ausente. Entonces, frío y calculador, se alejó tambaleante hacia un lugar donde pudiera contarse los huesos. No caminó mucho hasta hallar la invisibilidad detrás de unas construcciones rocosas. Observó su sable, como de tres hojas volvía a tener una, y así todo lo que a su alrededor se había triplicado. Se acercó a una tina grande, de esas para que los caballos beban, y sumergió su cabeza por completo. La frescura del agua le devolvió los sentidos. Desde la placentera profundidad percibió un reflejo que no estaba allí antes. Eléctricamente, se impulsó hacia donde su instinto le ordenó, y allí donde su pecho había estado reposando, cayó con violencia la espada del jefe bárbaro. Rodó un poco más para coger una distancia e incorporarse. El enemigo estaba allí con todas sus capacidades, pero en su forma más horrorosa, porque en la caída cuando su rostro raspó contra las rocas, había perdido la nariz y el labio superior. Ahora era una propia alegoría de un fantasma que clama venganza, con un agujero rojo centrando su semblante y unos pocos dientes visibles desde la raíz. El monstruo volvió a bajar su espada contra el comandante, que no estaba al máximo de sus aptitudes, pero logró interponer su sable. La espada, por su peso y tamaño, no pudo ser detenida por el sable, considerablemente más pequeño, pero sí desviada. Y en esa fricción entre aceros, la hoja mayor rozó la cabeza sin casco de Elsniidor, rebanándole por completo la oreja izquierda. El sable cayó vencido y se clavó en la tierra. La adrenalina le mintió como siempre y continuó a pesar del cegado dolor. No desperdició la oportunidad de tener al oponente tan cerca, y antes que éste volviera a elevar la espada, con una mano le cogió ese brazo y con la otra entrelazó sus dedos con los del bárbaro. En ese concurso de fuerzas, a priori esta situación no inquietó al gigante, que se sabía el más fuerte entre los suyos, incluso más que los deformadamente más grandes. Pero cuando el Runita comenzó a apretar, el jefe cayó en su sorpresa y de allí no pudo escapar. Por suerte no conocía el miedo ni predecía las desgracias. Las manos de Duddum Draznatabor eran desproporcionadas tenazas. Años de adoctrinamiento Runita, las convirtieron en herramientas naturales de supervivencia, como las muelas de una hiena. Sus dedos se hundieron entre las separaciones musculares, tanto del antebrazo derecho como de la mano izquierda del bárbaro. A su paso iban desgarrando todos los tejidos hasta llegar al hueso. En el caso de las falanges, las rompió de inmediato, en el caso del cúbito y radio, los separó hasta dislocarlos. Un fuego ardió en los brazos del jefe, pero más le dolió la pobreza de su derrota. Lejos del calor de la batalla, en una vergonzosa intimidad, su enemigo bastó solo de sus manos para someterlo. Ninguna brujería o aleación mágica, simplemente sus dedos. En un último movimiento desesperado, con el resto de fuerza que le quedaba en su anatomía útil, el salvaje pateó frontalmente para quitar de encima a su predador. A pesar de lograrlo lo único que consiguió fue ralentizar su némesis. Con dificultades para respirar por la sangre en sus pulmones, y sus brazos destrozados, su invencibilidad había llegado a su fin. Desistió de una última acción milagrosa y sin más se dejó caer sobre sus rodillas. Dejó de mirar a su vencedor, la humillación le quemaba la vista, e impaciente esperó su muerte. El comandante cogió su sable y con cautela se acercó al toro agonizante, pero en vez de darle la estocada final, cerró su puño de roca y le asestó un golpe fulminante en la cabeza que lo puso a dormir profundamente. Luego, de entre su indumentaria de soldado, sacó un par de correas, especialmente diseñadas para hacer torniquetes en caso de hemorragias, e inmediatamente hizo lo propio en las piernas del caído a una altura por encima de las rodillas...

Un jinete del ejército real vio a su general aparecer desde entre unos apartados. Lucía maltrecho y su sable chorreaba sangre. Raudo acudió a asistirlo. Elsniidor Kahir, a su encuentro desistió de la ayuda y dio órdenes precisas al jinete, que sin mediar desapareció hacia de donde el general venía, y no regresó.

El comandante Duddum Draznatabor, líder de los últimos Runitas absorbidos por el imperio, devenido en el general Elsniidor Kahir del ejército Real, había categóricamente vencido a un enemigo excepcional. Caminando regresó al epicentro de la batalla, mientras el recuerdo de esta gran victoria se iba difuminando en su mente. De entre los muertos, recolectó armas y utilidades para continuar su obra. Al ajustarse la correa de un casco se dio cuenta que le faltaba una oreja y le restó importancia. Aunque la idea revestía un riesgo innecesario, no pudo con la abstinencia y, en vez de coger un caballo del ejército, saltó sobre un enorme percherón, como sus caballos de antaño. Cuando confirmó la sintonía con el animal, envolvió su cuello con el paño rojo de un estandarte real, para identificarse entre sus soldados. De esta manera estoica, el hombre, padre, esposo y soldado, regresó al combate como si la gesta comenzara en ese mismo momento...

Hasta ese momento, las acciones habían transcurrido uniformemente. El ejército real, en su superioridad numérica intentaba pero no lograba envolver las fuerzas invasoras. El enemigo era feroz y muy aguerrido, y entendía perfectamente la maniobra. Cada vez que el ejército lograba avanzar en esa pericia, los bárbaros se reforzaban en esos puntos precisos, y haciendo gala de su bravura, lograban detener el cerco.

El general Elsniidor Kahir, antes de adentrarse al combate, trazó una panorámica del estado para evaluar la situación y comenzar a redirigir la ofensiva. Luego entró en escena de manera ostensible y omnipotente, lo cual reconfortó a los extenuados soldados. Su sola presencia era un aliciente de energía y coraje. Se dirigió a hacia una de las puntas de la extensa formación, y dio vehementes instrucciones, como quien no entiende de contrarias. De allí, como un rayo corrió hacia la otra punta, donde se posicionó al frente para liderar en persona las acciones. Algunos de los bárbaros que habían estado involucrados en la reyerta afuera, lo reconocieron rápidamente y con pesar. A la vez, toda la fuerza invasora echaba de menos a su líder y su vigor.

Elsniidor Kahir se puso al frente, como primer hombre de choque sobre el extremo derecho de la formación. De allí, inmediatamente seguido por sus filas, comenzó a cerrarse. Al inicio, usó una larga lanza, clavando y retrayendo en objetivos aleatorios según la oportunidad, pechos y traseros de caballos como los flancos perceptibles de sus jinetes. Con una maestría única, química de fuerza y destreza, arremetía y retrocedía o pasaba de largo, pero siempre, de manera temporizada, volvía a arremeter. Con esta eficacia y constancia, iba debilitando ese frente. Detrás de él, coordinadamente los suyos, a fuerza de número y espada, remataban la obra. Eran tantas las bajas invasoras que se producían por ese lado, que los bárbaros del centro y del otro extremo, comenzaron a desplazarse hacia allí para reforzarse. Fue una reacción instintiva, casi por inercia. Entonces, las líneas del ejército real en el extremo opuesto, empezaron a sentirse aliviadas para cumplir con las órdenes premonitorias que les había dejado su general. En principio avanzaron recto, abriéndose lo estrictamente necesario para que ningún bárbaro quedase fuera del perímetro, luego se fueron cerrando paulatinamente de acuerdo a las posibilidades, que fueron creciendo. En un punto, se encontraron más con espaldas que con pechos, hasta que finalmente, el comandante a cargo se topó con la figura del general Elsniidor Kahir. El cerco se había cerrado; chapoteando en la sangre derramada, los Dalaineos quedaron rodeados. Pero aún eran muchísimos, un poco más de la mitad de la fuerza inicial. En este nuevo escenario de aniquilación, Duddum Draznatabor dejó la lanza por su mandoble. Se halló asimismo en dónde más cómodo se sentía dentro de una guerra, en el seco redoble de las herraduras sobre el suelo, en el chillido de los metales enfrentados, en el quejido sin palabras, en las exhalaciones pinteadas en rojo, en el olor a sangre fresca, en el baile mejilla a mejilla con la muerte…

El rey Usufur Rakart, primer espectador desde su palco, recuperó la respiración. Pudo ver nuevamente su horizonte y allí a sus hijos, y a todos los hijos del reino. Poco le importaba su integridad sin futuro. Sintió gratitud y devoción por ese misterioso hombre al que él en su intuición, había prestado atención. No quiso imaginar el destino del reino si las circunstancias se hubieran tornado adversas. Sin precipitarse sintió la proximidad del fin de esta pesadilla, o al menos de un capítulo de ésta.

La espada del general Elsniidor Kahir, se elevaba y descendía, y en ese recorrido de violencia, las almas enemigas se iban esfumando. La luna, curiosa no podía quitar la vista de la ópera. Un lugarteniente del malogrado líder bárbaro se cansó del maleficio y su diablo, y, sin culpa ni pesar, ordenó la retirada. Toda la horda invasora desistieron de los frentes y se enfocaron en aquel que daba hacia la entrada, ahora salida. Muchos, en la maniobra de huida, perecieron instantáneamente al perfilarse o si bien a dar la espalda. Los soldados del ejército, el rey y su séquito, y los ciudadanos escondidos, se alegraron ante la aglomerada retirada. Todos… menos uno, el comandante Duddum Draznatabor, que había ideado el plan y sabía con exactitud que recién habían cruzado la mitad. Le hubiera gustado no dar un segundo de tregua y perseguir en ese mismo momento a los Dalaineos, y de hecho sería lo óptimo; pero detrás de los emocionados rostros de sus soldados, se denotaba un comprensible agotamiento. Así que se puso de frente a las líneas, entre la abertura por donde los salvajes escapaban y sus soldados; y ordenó el cese de las acciones para un merecido descanso. Todos los refugiados, los residentes, el mismo rey y hasta Foebbe, acudieron al campo a asistir y a cobijar a su ejército Real. El general, austeramente especificó, que el receso sería breve ya que el resto de los habitantes tras los muros estaban en situación de alto peligro. Recordó la faena caníbal que solo él había presenciado.

Lo primero que el rey Usufur Rakart ordenó, fue mantener fuera del lugar a todos los niños, incluso los hijos de los soldados vivos. Luego formar un plantel con todos los servidores públicos y otros voluntarios adecuados, para el tratamiento y traslado de los cadáveres. Convocó a todas las mujeres disponibles, a excepción de las viudas, a dar de beber y comer a los soldados; la reina en persona fue una de ellas. El monarca, humildemente se adentró caminando entre los soldados para reconfortarlos; cuando llegó al frente de la multitud, se encontró al general Elsniidor Kahir, de espalda a los acontecimientos, aún montado en el corcel, solo y con la vista fija en la entrada; era la versión humana de un perro pastor ante el olor del lobo. El rey, de manera amable tocó su bota para llamarle la atención, le sonrió con pena y le ofreció un suculento trozo de carne asada. El general, respetuoso desmontó, hizo una reverencia que el soberano intentó detener, y cogió el alimento complacido. Luego de unos bocados y un largo trago de agua que una mujer ofreció, dijo al rey: _ Aún estamos a medio camino…_ Unos instantes después llegó Foebbe, y conmocionada abrazó a su esposo; la mujer rompió en un llanto intenso al que su hombre respondió conteniéndola vehementemente sobre su pecho.

Luego de un tiempo prudencial y de acuerdo con las inminentes exigencias, Elsniidor Kahir dio por concluido el receso y ordenó desalojar el predio a todos los ajenos al ejército. En la intimidad con sus subordinados, que se habían desempeñado con creces, por primera se mostró locuaz y específico. _ Ésta es la tercera invasión que sufre el Reino por parte de los Dalaineos, y ciertamente la más ambiciosa. Hasta el momento las pérdidas irreparables han sido muchas y serán más incluso. Por lo tanto no podemos permitirnos que vuelva a suceder. No sé con seguridad con que nos encontraremos cuando crucemos este muro, pero si sé que el enemigo no ha podido someternos. Iremos tras ellos hasta los confines del Reino; honraremos a nuestros muertos, aniquilando hasta el último, último de ellos, como se concibió en el plan desde un principio…_ Cientos de soldados sorprendidos y motivados, conocieron por primera vez la elocuencia de su líder, más allá de ese acostumbrado puñado de palabras que soltaba regularmente. El mismo general sintió su garganta resentida, al haber elevado su voz, para ser escuchado por todos los allí presentes. Sin más demoras se dispusieron a marchar y cruzaron la puerta.

Cuando el ejército traspasó la contención del muro, se encontró con un panorama desolador, una representación real de lo que en las escrituras religiosas se definía como infierno. Cientos de hombres muertos, hermanos o enemigos, la mayoría mutilados, otros calcinados, partes de cuerpos huérfanas, eran los protagonistas del paisaje. Donde había rostros, quedaba en ellos la dramática impronta de sus últimos sentimientos. Sin decoro, la luna morbosa iluminaba las obscenidades de la guerra; la noche no quiso ser cómplice, y con su gama de azules, atenuó los diversos rojos. Cruzar el túnel fue una tétrica eternidad. Alumbrados por pocas antorchas, avanzaron lentamente a paso medido, dejando a la intuición la respuesta de sobre que estaban pisando ...

A la cabeza de la formación, iba el general, que por su condición de Runita, era mejor rastreador que sus propios rastreadores experimentados. Los Dalaineos, al igual que el ejército, en su totalidad se desplazaban a caballo; montaban de dos o incluso de tres sobre un animal. Según su rastro, no se adentraron en el bosque, sino regresaron sobre sus propias huellas. Esto presumía una huida y que, cualquiera fuese el escenario final, sería de cara al mar o en sus inmediaciones. Cuando la mayoría de los soldados, y por no decir todos, esperaban llegar al mar o a donde fuese, y encontrar que los invasores hayan desaparecido; el general estaba preocupado por exactamente lo contrario. Estaba más inquieto en estos momentos que al inicio o a mitad de la gesta; por lo tanto, ordenó apresurar la marcha. El camino que los Dalaineos tomaron, fue básicamente el mismo que habían utilizado en un principio, en su mayor parte, alejado de los poblados, a excepción de una pequeña granja situada a uno de sus lados. Desafortunadamente, era agrícola, y no tenían animales en significancia. Cuando el ejército llegó a ésta, fue evidente para los rastreadores que los bárbaros se habían detenido allí. Pese a la prisa de Elsniidor Kahir, uno de sus generales que conocía a la familia que allí habitaba, insistió en parar para revisar la situación. En efecto, la finca había sido saqueada y se denotó premura en los perpetradores. Los frutos y vegetales de los huertos habían sido arrancados de pasada, en algunos casos sin siquiera desmontar; muchos de éstos aún yacían en el suelo aplastados por los caballos. Ya dentro de la vivienda, la escena fue trágica, esa pobre gente fue asaltada mientras dormía. Los pisos estaban, abundantemente regados en sangre; y en su madera se veía, de manera clara, las rajas recientes hechas por elementos cortantes. La familia en cuestión estaba formada por dos chicas adolescentes, un niño y los padres. Al momento, no se halló rastro de ninguno, y no era difícil de adivinar cual fue su desdichado destino... Cuando continuaron con la marcha, muchos de aquellos que en silencio desearon no ver más a los bárbaros; esta nueva ira, los había hecho cambiar de parecer.

Todavía era de noche y hacía frío. Unos minutos después de camino, luego del fatídico hallazgo, el general Elsniidor Kahir divisó una pequeña sombra moverse en la oscuridad a unos metros de la senda. Era el niño de la familia, que había conseguido escabullirse a su muerte y ahora, aterrado deambulaba a la deriva. El general, en un rapto de impulsividad, un rasgo inhabitual en su comportamiento, se desvió raudamente en dirección al chaval; desmontó a la carrera unos metros antes, para no asustarlo, y con cuidado lo rodeó con sus brazos y alzó. Tanta vida vivida, y ésta era la primera vez que se manifestaba de esa manera por un extraño. La diferencia fue, que en estos últimos años, en su interior se había gestado y consolidado un poderoso instinto, mayor aún que el de supervivencia, y que cuyo axioma era su propio hijo. El niño atinó a nada, estaba en estado de conmoción, descalzo y con escasa ropa. Por su condición, no respondía a las inclemencias ambientales que estaba sufriendo; de no ser rescatado, hubiera muerto en breve y sin notarlo siquiera. Estaba bañado en sangre y sin heridas; Elsniidor entendió con disgusto, que el muchacho había presenciado la traumática escena... Acto seguido, ordenó sin apelativos al general que había intervenido, que se hiciera cargo del niño y regresara a la ciudad. El militar era padre de seis y comprendió la razón tácita de su improvista misión. Por su parte, el general Elsniidor Kahir, reanudó el curso, sin poder evitar pensar en su hijo; y, simultáneamente reapareció ese sentimiento que tanto despreciaba como entendía, miedo por amor.

Los soldados continuaron a un paso más rápido y sostenido, inmersos en un mutismo de resignación. Cautivos de una ridícula prisa por matar o morir, su ansiedad se manifestaba incoherente. La geografía sentenció que el final era inminente, ya se podía respirar el mar en el aire. El general pudo ver las nucas de sus enemigos, la luz del amanecer llegó puntual mientras el sol aún dormía. Los cuernos sonaron para disturbar y desordenar a los fugitivos; pero éstos ya tenían su plan ensayado. Cuando llegaran a la costa, el grueso de la horda se giraría para defender la huida, mientras el resto se organizaba sobre las balsas y barcas; y así paulatinamente, sin pena ni gloria y con sus últimas bajas, abandonarían tierra.

Ambas fuerzas arribaron a las arenas casi al mismo tiempo, ceñidas a sus respectivas coreografías. Pero para la gran sorpresa de todos, menos uno; un tercer e inesperado actor subió al escenario. En lugar del indiferente mar con las barcas y balsas vacías, y sus vigilantes esperando, se encontraron con una extensa y desconocida flota de combate. Naves medianas y pequeñas, armadas con catapultas o arpones, según el caso, esperaban bien formadas de cara a la costa. Elsniidor Kahir, cauteloso con las distancias, ordenó imperiosamente la detención inmediata de sus tropas. Ante la intimidante visión, los valientes soldados con sus últimas fuerzas, ahorradas para una estoica y última contienda, cayeron en picado hacia la desazón. Bastante ya tenían con asimilar la inminente sangría contra los bárbaros, para afrontar un nuevo enemigo o los refuerzos del mismo. Ese fervor, in extremis, que con tanto cuidado mantuvieron encendido durante la travesía, se fue congelando desde el corazón hacia la piel. Fueron unos interminables instantes de paralización, mientras el general se movía ensimismado, buscando una posición más elevada. Cuando halló la visibilidad que necesitaba, para extrañez de los suyos que habían sido ordenados a un pétreo inmovilismo; hizo sonar su cuerno en un código desconocido. Luego de un breve e incómodo silencio, se escuchó cientos de flechas silbar; todas provenían de la misteriosas naves, y todas hicieron blanco en los desorientados Dalaineos. Eran las renovadas fuerzas navales del reino al mando del flamante capitán Bulgur Tudam.

Los soldados salieron de su incertidumbre con una incontenible algarabía; inundados de emoción y alegría, sin un concreto entendimiento, sintieron como la vida regresaba a sus cuerpos. Poco les duró el contento; cuando el general, nuevamente al frente, recorriendo al galope las líneas de una punta a la otra, ordenó a formar para la carga. Los bárbaros desconcertados, no tenían tiempo de ordenarse en alguna estrategia, simplemente intentaban evitar el ataque. Detrás de las flechas llovidas, les cayeron balas de catapulta ardiendo en aceite, capaces de incendiar todo dentro de un radio de tres jinetes. Bajo esta catarata de horrores, comprendieron con certeza que estaban obligados a retroceder o morir, sin siquiera la digna posibilidad de luchar. A gritos desesperados, los líderes de la horda ordenaron la media vuelta y cargar. Esto implicaba un choque frontal contra el demonio y su ejército. El sediento comandante Runita, Duddum Draznatabor no los esperó y contagiando de furia a los suyos ordenó rabiosamente la carga.

Las dos caras de la adversidad chocaron nuevamente en su infausta rutina, esta vez ya sin depuradas estrategias más allá de la de matar o morir. La línea roja de la victoria se mantenía oscilante, mientras las arenas se bebían la sangre bajo el tintineo de los metales. Cuando la infantería de marina de Bulgur Tudam finalizó de desembarcar, comenzó la anhelada cuenta regresiva para el fin de la invasión. Armados con arcos y flechas, y largas lanzas, para contrarrestar la superioridad física de los jinetes, avanzaron sobre las espaldas enemigas. Los admirables guerreros Dalaineos no se rindieron, hasta el último de ellos murió enseñando sus dientes mientras gruñía…

Pasaron largas horas de matanza que dejarían huellas de por vida en la humanidad de los soldados; muchos de éstos estrenaron esta cruel necesidad en esta guerra. En cuestión de instantes, bajar una espada y terminar con un mundo, se había transformado de trauma a costumbre. Cientos de cuerpos tendidos sobre la playa, finalmente descansaban de la vida; el resto en pie, se encargaban de apilarlos para su incineración. Sin aliento los soldados se saludaban entre sí, con inconsciente solemnidad. El general Elsniidor Kahir saludó satisfecho a su camarada subordinado, el ahora capitán Bulgur Tudam. Luego ambos pusieron su mirada en el horizonte que trazaba el océano, y observaron con seriedad las siete enormes naves. Eran siete testigos, gigantes e inmóviles, que mudos parecían juzgarles. _ Qué hacen aún allí?_ Preguntó Elsniidor, austeramente pero sin reproches. _ Son inofensivas, yo solo esperaba tu valoración para ejecutar la orden. _ Te entiendo, me informarás algo que ahora ya sé, pero que cuando impartí las órdenes desconocía..._ Reflexionó el general, a cada palabra más preocupado, y continuó: _ Me dirás que la invasión no era una más de saqueo, que han venido para quedarse. _ Sí, mi señor, esas naves son el último hogar de ancianos obsoletos a la lucha, mujeres y niños. _ Lamentó subliminalmente el capitán. _ Elsniidor Kahir meditó por un tiempo la decisión que Duddum Draznatabor nunca hubiese dudado un instante. Luego con un hondo pesar, que debutaba en su fisonomía, ordenó hundir las naves. Bulgur Tudam, visiblemente consternado, se dispuso a cumplir el mandato. Las naves eran un pueblo flotante, de hecho, toda la flota real se avocó a sepultarlas en vida en medio del océano. Para ello, utilizaron unas embarcaciones afines a esta única tarea; con unas enormes vigas de recia madera, terminadas en afiladas puntas de acero, que impulsadas por una fuerza pendular eran capaces de perforar las partes del casco en contacto con el agua. También las catapultas ayudaron a flagelar las estructuras, pero esta vez las balas estaban piadosamente secas. Era una clara acción de total exterminio, por lo tanto los soldados marineros permanecieron alrededor, apuntando sus flechas hacia las aguas para cazar posibles náufragos. Pero para incrementar la congoja de los verdugos, las naves, heridas de muerte, tardaron un siglo en sumergirse hacia la oscuridad infinita; y lo hicieron sumidas en un dignísimo y absoluto silencio. El insensible mar, en su gula lució satisfecho por el sacrificio celebrado en su honor. El sol se puso por detrás de una diáfana línea de mar para mudarse de cielo; la luna curiosa había llegado temprano y con astucia se camufló en la luz remanente para no perderse detalle. Y allí, ante la soberbia inmensidad del todo, una civilización entera desapareció; para renacer únicamente, como protagonista secundario en relatos tergiversados de presumidas gestas que algún oportuno despierte...

Una vez terminadas todas las amargas labores de finalización, y luego de un libre descanso, todas las fuerzas reales marcharon de regreso hacia el palacio. Cuando arribaron fueron recibidos por todos los allí presentes, incluido el rey como protagonista principal. La población entera estaba sumida y excitada por una mezcla de diversos y profundos sentimientos; pero al menos, entre penas y alegrías, todos coincidían en una esperada distensión. Al día siguiente, con el doblar de la campana de Golotmeo Nabbas, se dio por concluida la guerra y todos los ciudadanos de la provincia abandonaron el hacinamiento para continuar con sus vidas normalmente. Las jornadas siguientes se nombraron conmemorativas, por lo cual se permitía paralizar las actividades para que cada persona pudiera realizar su epifanía como creyera conveniente. Como era de esperar, el general Elsniidor Kahir fue inmediatamente nombrado único jefe del ejército real. Por petición particular de éste, fue investido en un austero y solemne acto en honor a los caídos; donde se arroparon a sus familiares con recompensas y galardones post mortem. También hubo reconocimientos a muchos militares según su rendimiento; y fueron entregados por el Rey y su familia.

El general Elsniidor Kahir, en esos días de receso, se desentendió del mundo para dedicarse plenamente a su devota esposa, como devoto esposo. En esa comunión, planearon unas inminentes vacaciones en Kahirea con su atesorado hijo Kholboo. También deslizaron la idea, que si la naturaleza lo propiciara, un nuevo hijo sería bienvenido como una bendición. En una sola oportunidad, se ausentó por un par de horas. Se dirigió al cuartel general, particularmente a unas instalaciones utilizadas como cárcel para presos no convencionales. Allí, en una celda carente de toda humanidad, pero con una enorme abertura a modo de ventana, cruzada por unos rudos barrotes que no impedían una vista formidable del generoso paisaje y la cotidianidad feliz de su gente; se encontró con el líder de la extinta casta Dalainea; estaba completamente desnudo, con sus brazos deformados por las heridas, y en lugar de sus piernas ausentes, dos muñones en proceso de exitosa curación. La pesada figura inerte, reposaba sobre los barrotes, consumiendo la nociva vista; quizás a sabiendas de su propósito y perjuicio, pero sin poder evitarlo. Cuando percibió la presencia del artífice de su tortura, sin ocultar su odio y con arrogante desprecio, le dijo en esa lengua que solo ellos entendían: _ Perro Runita, cuando me dejarás morir?_ A lo que el comandante Duddum Draznatabor respondió mirándolo con desdén, luego de un incómodo y breve silencio: _ Cuando mi oreja crezca nuevamente…_ Al retirarse, el general insistió a los guardias en preservar la vida del célebre prisionero, a nutrirlo y curarlo. Pese a las impiadosas órdenes, tras unas semanas de implacable ansiedad y dolor espiritual, el bárbaro pudo dominar la sed y el hambre, y evitar que lo asistieran por el tiempo necesario para morir…

El destino, de cenizas a flama…

No obstante al duelo por los caídos, una cifra muy significativa para una sociedad acostumbrada a la paz, el reino continuó aireado por la epopeya. Si bien la mayoría de las provincias que lo constituyen no se enteraron en detalle de lo sucedido ni el peligro que representó; la provincia capital, en su fuero interno consolidó a su monarca con gran satisfacción e idolatría. El rey Usufur Rakart era plenamente consciente que esta invalorable tranquilidad que merecidamente gozaba, tenía en gran medida su sustento en su jefe del ejército, el general Elsniidor Kahir. Por lo tanto, cuidarlo era la premisa; además que sentía una profunda admiración por él, que premiaba con su amistad y respetando sus misterios.

Para el Reino en su conjunto, el nuevo jefe del ejército, sucesor del general Agmadar Fazzart, caído en combate en un intento más de invasión y saqueo; era un desconocido, que llamaba la atención y generaba algunas suspicacias, ya que su apellido indicaba que provenía de Kahirea, una provincia que por su perfil religioso y pacifista, contrastaba con todo lo referente a la milicia.

El sistema de correo era la única herramienta con la que la extensión del reino contaba para poder comunicarse a la distancia. Estaba el convencional, que poseía un importante número de diversos carruajes, en su gran mayoría pequeños y veloces, tripulados únicamente por el chófer y su ayudante; recorrían la totalidad del territorio conocido, bajo un estricto sistema logístico referente a itinerarios y horarios; transportaban básicamente cartas y objetos pequeños, de apremio medio. Carruajes de mayor porte se encargaban de la paquetería, respondían a los mismos itinerarios pero con menor frecuencia. En otro orden existía el correo urgente, para uso exclusivamente institucional, a excepción de autorizaciones judiciales; estaba constituido por una tropa de excelsos caballos, meticulosamente cuidados en su nutrición y descanso, conducidos por los más aptos jinetes civiles. Surcaban todos los caminos a gran velocidad y sin descanso, según la distancia en cuestión; y su itinerario respondía al requerimiento; sin horarios estipulados, partían raudamente cuando se los necesitaba y solían llegar a destino con sorprendente celeridad. Uno de estos eficientes emisarios irrumpió en una tranquila y rutinaria mañana del cuartel general del ejército real. El joven jinete, por supuesto, desconocía el mensaje, pero sí conocía, tanto el remitente como el destinatario; por lo cual, además de la prisa impartida, le hacían presumir que el asunto era de extrema relevancia. De hecho, el documento que portaba procedía de la delegación militar en Kahirea, y su destino eran las manos del mismísimo jefe del ejército real. Elsniidor Kahir, que mantenía una regular comunicación con Kholboo y Diremeas Kahir mediante el correo convencional, intuyó de inmediato un mal presagio…

El mensaje era sin duda devastador, de lo peor que Elsniidor podía esperar. Obligadamente escueto, requería de manera urgente la presencia física del general y un destacamento de refuerzo; el motivo era la desaparición, bajo las mismas circunstancias que las anteriores, de su hijo Kholboo Kahir y del líder de Kahirea, Diremeas Kahir, además de misteriosos sucesos. El padre dentro del militar quiso gritar de furia y dolor, e ir corriendo en busca de su hijo al galope del mismo caballo que trajo la espeluznante noticia. Pero su impronta de helada serenidad ante la adversidad se impuso y se encerró en su despacho a meditar la cuestión. Luego de un tiempo, salió del hermetismo con su habitual expresión de máquina calibradamente funcionando, y ordenó la inmediata formación de un destacamento con soldados señalados por puño y letra, pronto para partir hacia Kahirea. Todavía era la mañana y todos los involucrados estaban recién desayunados y en tren de iniciar su jornada. Durante el tiempo requerido para cumplimentar la orden, Elsniidor se dirigió a su hogar; allí compartió con Foebbe un refrigerio y palabras de distensión. No le fue muy dificultoso ocultar la situación; ya que ella, por voluntad propia o inducida, no le solía preguntar sobre su trabajo. Él solo le informó lo determinante con pequeñas verdades, que debía ausentarse por el tiempo que demandara resolver un imprevisto en una alejada provincia y que regresaría, estrictamente, lo antes posible. Ella aprovechó la anormal exigencia para recordarle la imperiosa necesidad de unas inminentes vacaciones, él asintió. El sexto sentido femenino se hizo presente en el beso y abrazo de despedida que compartieron, aunque ella prefirió callarlo pero no ignorarlo.

El general partió con su brigada hacia su Kahirea del renacimiento. Si bien marchaban a buen ritmo, la languidez del proceso le resultaba interminable; particularmente porque la rutina del camino no contribuía a abstraerse de los pensamientos más oscuros, y su característica seriedad invitaba solo al silencio. Finalmente arribaron a Kahirea, mucho antes de lo que se estipulaba para la distancia, pero casi agotados; Elsniidor Kahir había prescindido de la mayoría de las habituales paradas. Ese trayecto que anteriormente le resultaba esperanzador y entretenido, en esta oportunidad fue poco menos que una tortura. Apenas llegar se percibía una atmósfera de pesadumbre y congoja, y no era para menos. Diremeas era la persona y entidad más importante de la provincia; y Kholboo, ya devenido en hombre y miembro del séquito de ilustres, era querido y respetado, principalmente en sus tareas de jurista abogando por justicia social. Mientras se dirigían sin mediar hacia el cuartel de la delegación militar, observaron una cabizbaja y ensimismada procesión con evidentes señales de luto. Ya en el lugar, el general visiblemente impaciente fue recibido por el comandante a cargo, que perceptivo abordó directamente la cuestión. _ Mi señor, fuimos informados en su momento, que tanto el líder Diremeas Kahir como el ciudadano Kholboo Kahir, sin motivos conocidos,no habían regresado de una excursión a los aledaños del desierto. En consecuencia y relación con las desapariciones anteriores, situación vigente de nuestra incumbencia, hemos partido de inmediato hacia la zona en cuestión; al tiempo que hemos reportado la urgencia al cuartel general, como a los otros provinciales con competencia en el área. Cuando hemos comenzado a peinar la zona, en un yermo no muy alejado, hemos encontrado el cuerpo sin vida de Diremeas Kahir..._ Causa de la muerte? _ Interrumpió, Elsniidor Kahir, en tono bajo y calmado, pero vehemente. _ Rotura de cuello, aparentemente ocasionada por un segundo. _ Respondió el militar de manera concisa, y continuó. _ Y no hemos hallado a la persona Kholboo Kahir, ni ningún tipo de rastro o huella alrededor del cadáver; lo que denota que el lugar del hecho fue alterado deliberadamente...Hasta la fecha hemos continuado con la búsqueda asiduamente y con apremio, ya que una gran tormenta seca se avecina en el horizonte del desierto. _ El general preguntó por el cuerpo de su mentor intelectual, a lo que el comandante respondió que en estos momentos estaba siendo exhibido en el lugar de culto para que los ciudadanos lo despidiesen. Elsniidor Kahir, dio por concluidas las formalidades con el comandante y envió a todos a descansar para a la mañana siguiente reiniciar la búsqueda e investigación desde cero. Ya en su intimidad, con el ambiente apagado, decidió ir a despedirse de su "amigo"; esta nueva categoría social se le coló en el pensamiento cuando en su pecho sintió la pena de saber que nunca volvería a escucharlo.

Ya era tarde, y el lugar donde el cuerpo del anciano reposaba, estaba cerrado al público y custodiado; pero no para el general. Una tenue iluminación de fuego cortaba la tiniebla del recinto, tan humilde como su homenajeado. Duddum Draznatabor, el hombre, que después de todo, eso era; se acercó al envase que durante tanto tiempo había contenido a un ser inmenso, si la sabiduría se pudiera medir. Tan frágil en materia y tan fuerte en esencia! Reflexionó en pena el náufrago de arenas, entendido en músculos. Pensó que la botella, cárcel de los genios en las fábulas, era la metáfora más exacta que definía artísticamente a ese hombre. La imagen le irradiaba ternura, un sentimiento apenas latente bajo los callos. El cabello largo, color brillo de nube, que nacía allí donde terminaba la calva, era el marco de la expresión indiferente del rostro hacia su propia y efímera muerte; la túnica sin forma y desgastada, más vieja, más suave y cómoda; las manos generosas y raquíticas, compañeras fundamentales de sus palabras. Elsniidor, entre recuerdos y pensamientos, rindió honor a su salvador; pero la pesquisa por su hijo lo regresó de ese solemne viaje. Se acercó al cadáver y palpó su cuello; en efecto, comprobó que había sido roto por alguien, y de manera específica, por un profesional; un asesinato intencionado, con un propósito...Entre conjeturas punzantes, duelo y miedo, el general se marchó para descansar. No le costó conciliar el sueño, ya que no había dormido desde la mañana del mensajero, y había pasado días montando.

A la mañana siguiente, su reloj biológico lo despertó a la hora de siempre; había dormido profundamente, y eso lo hizo sentirse culpable. Convocó a todos los que consideró necesarios, incluyendo al comandante local y sus rastreadores, letrados en climatología, y a su cuerpo de élite; todos marcharon hacia el desierto, contagiados de deber y hambrientos de éxito. Una de sus cualidades innatas de líder era intoxicar a los suyos con su férrea voluntad y cuestionables propósitos. Uno de los climatólogos, muy experto en lo suyo, pero muy ingenuo socialmente, ya que intentaba e intentaba ,sin éxito comunicarse con el opaco general. Quería expresarle que la tormenta en cuestión, era inusualmente extraña, por no poder afirmar que era única en la historia; pero Elsniidor Kahir cabalgaba, concentrado en su entorno e hilvanando información; en alguna oportunidad tajó el silencio para colar alguna pregunta, tan corta como precisa que no admitía a una respuesta prolongada. Cuando llegaron al lugar del triste hallazgo, por supuesto la zona estaba totalmente alterada por las huellas y las superficiales excavaciones que habían realizado los investigadores anteriores; no obstante, el general tomó ese punto como epicentro para efectuar un abanico de acciones, de cara a la profundidad del desierto, yendo más allá de lo ya peritado. Dividió el grupo en siete brigadas, dotadas cada una con perfiles diferentes y homólogas entre sí; todas poseían al menos un climatólogo, rastreadores, soldados de choque, pajes y un líder inapelable. Él se puso al frente de la que marcharía en línea transversal hacia el horizonte; por ende, ésta sería la más adelantada hacia la intimidad de las arenas; y, considerando la tormenta venidera, que aún no era visible al ojo natural, sería también la más riesgosa. Estipuló para todas, doce horas de marcha sostenida, en línea recta y supeditada a los hallazgos; para regresar una vez cumplido el plazo y sin dilaciones. Escogió para entre los suyos, al verborrágico experto del clima; éste se sintió halagado, a pesar de su reticencia al riesgo; sin saber que su convocatoria fue más para no entorpecer a los otros que por sus atributos. Este erudito personaje, insistió antes de la partida, realizar unos rápidos estudios para la seguridad de la pericia; era tan dramático en sus manifestaciones que el general prefirió sabiamente asentir a soportarlo excitado durante todo el recorrido. Ensambló un extraño aparatejo metálico, que constaba de un pequeño mástil que clavó en la tierra hasta afirmarlo perpendicularmente; y de un perímetro rectangular que fijó en su cima, a la altura de la visión de un hombre medio; a la vez este marco sin cristales, contenía en su interior diferentes reglas que eran ajustables según unos parámetros que sólo él comprendía. Luego desplegó su catalejo, que era significativamente más sofisticado que los regulares del ejército; y comenzó a observar, alternándose entre el catalejo y el supuesto "medidor" de algo. Luego se lamentó en voz alta: _ Por qué no he traído mí telescopio conmigo?!_ Elsniidor recordó haber escuchado esa extraña palabra en otra oportunidad, así era como el observador Golotmeo Nabbas llamaba a su gran catalejo fijado al suelo por un mueble de tres patas; pensó que tal vez esta gente pertenecía a una misma casta, y esta reflexión lo distendió amenamente mientras el climatólogo conjeturaba preocupado. El experto, le cedió su catalejo al general para ponerlo al tanto de la situación; en efecto, Elsniidor pudo divisar una tenue sombra sobre la longitud total visible del horizonte; a continuación, el hombre trató de explicarle que, observando la línea o tormenta a través de los encuadres y las reglas del artefacto, y proyectando y midiendo su crecimiento de acuerdo al tiempo transcurrido, era posible estipular su velocidad de avance. _ Puedes decirme si tenemos margen de tiempo para cabalgar doce horas hacia el frente sin chocar con la tormenta? _ Preguntó impaciente el general. _Para ser exactos, eso dependería de la distancia recorrida en ese tiempo, para lo cual no tengo ahora los elementos de medición. Pero dejando la exactitud de lado, para calcular una distancia a una velocidad regular, más las mediciones que he realizado ayer del avance; creo que tenemos tiempo de ir y regresar a salvo. _ Se explicó el climatólogo. Entonces el general complacido ordenó la marcha de inmediato.

Todos los lideres calibraron sus respectivos controladores de tiempo, y cada brigada partió en su dirección. Duddum Draznatabor sabía por experiencia propia que el desierto era un cómplice ideal para perpetrar acciones y no ser descubierto. Cuando cae el sol, es la hora que rutinariamente un aire se despierta y se manifiesta según su humor, a veces brisa, otras veces viento; y en esa escala, inconforme mueve las arenas de un lado hacia otro, para a su gusto ordenar el suelo. Así, cada día es recibido con una alfombra diferente. Cabalgaron leguas de polvo silente, hasta que el grupo del general, que obligadamente era el más adelantado, se topó con una estepa; allí la superficie cambió de fina arena a tierra seca y ajada, con triste y aislada vegetación. Sin adentrarse demasiado en este nuevo terreno, Elsniidor Kahir descubrió los primeros vestigios ajenos a esa naturaleza. Desmontó rápidamente para luego tomarse su tiempo en analizar esas huellas; empleó diferentes técnicas, midiendo, olfateando y espolvoreando; hasta que en un momento determinado, dio por concluida su labor y, sorpresivamente, ordenó el regreso. Todos obedecieron de inmediato y ningún militar se atrevió a decir algo; solo un civil, el climatólogo, preguntó:_ Mi general, tenéis indicios que la tormenta avanza a mayor velocidad de lo que yo he calculado?_ A lo que Elsniidor, aparentemente sin haberlo escuchado, respondió: _ A dónde dices que tienes ese " tenescopio "?

Cuándo arribaron al punto de partida, el general ordenó a su plantilla esperar allí por el regreso de los otros para finalizar las labores por esa jornada y marcharse a descansar; ya mañana, él los convocaría nuevamente para un relevamiento de todo lo acontecido. Luego, con prisa se marchó junto al experto hacia la morada de éste para interiorizarse sobre el telescopio; llegaron a tiempo cuando aún había luz de día; esa era la premura de Elsniidor, para poder probar el aparato. El telescopio en cuestión poseía características similares al de Golotmeo Nabbas, el mismo principio funcional de lentes encontradas, pero en este caso poseía un mueble por base con ruedas y espacios para ordenar utensilios afines. Desde la ubicación urbana donde se encontraban, no tenían un margen muy amplio para apreciar su máxima capacidad visual, pero apuntando hacia unos altos árboles a la distancia, el general pudo comprobar que su capacidad y nitidez era varias veces superior a un catalejo convencional. Satisfecho con la demostración, convocó al climatólogo para la mañana siguiente, y sin muchas explicaciones se marchó, solo requirió un carro para transportar el instrumento ya que viajarían. El experto, muy excitado vomitó una cantidad de preguntas y consideraciones que no fueron escuchadas, o al menos respondidas, pero se sintió muy complacido con su protagonismo. Por su parte, de vuelta en su aposento, a Elsniidor le costó dormirse, afortunadamente era temprano y tenía una larga noche hasta la mañana siguiente.

Con las primeras luces del día, el general Elsniidor Kahir se presentó puntual en la casa del climatólogo; éste lo esperaba preparado con un carruaje donde tenía el telescopio, bien embalado y sujeto. Partieron hacia un lugar que Elsniidor conocía bien de sus años viviendo en Kahirea, el monte Els Kharakh (Vista de Arenas),la montaña más próxima al desierto. No estaban lejos pero el lugar en particular que el general buscaba estaba a una altura importante; esto, más el transporte del artefacto, ralentizó la travesía. Ascendieron por los caminos de la ladera hasta donde la seguridad se los permitió. Elsniidor, pese a su habitual calma ante las adversidades, se le notaba cierta impaciencia; quizás por el peso de las desavenencias o quizás por la inquieta personalidad de su compañero. Cuando finalmente se instalaron en el lugar que el general consideró el más adecuado para su fin; comenzaron a desembalar y ensamblar al protagonista de la aventura, que más allá de la metáfora, un futuro inminente lo confirmaría de manera literal. Elsniidor no podía esperar impasible mientras el climatólogo relataba una historia por cada pieza que ajustaba, aquel, respetuoso se sometió a las indicaciones de éste para agilizar la tarea. Fue así como al terminar, el entendido cedió al expectante general la primera visión proporcionada por el calibrado instrumento. Elsniidor Kahir apuntó el telescopio hacia la profundidad del desierto y lentamente fue elevando su vista hasta dar con su horizonte y la inquietante tormenta. A pesar que la visión era tan difícil de creer como intimidante; ninguna de estas apreciaciones concordaron con el sentimiento del observador; sino la profunda desazón por confirmar que su intuición había sido la correcta. _ Letrado, allí tienes tu tormenta, clara y amenazante. Puedes explicarme a que clase pertenece?_ Dijo Elsniidor mientras, sin expresión, ofrecía su posición en el artefacto a su dueño. El climatólogo pegó un ojo sobre el visor y apenas dio con el objetivo lo retiró intempestivamente; tardó unos segundos en acomodar sus ideas y, desconcertado, volvió a posar la vista sobre la lente. Allí permaneció un tiempo sin despegarse, apuntando y recorriendo la visión en ambas direcciones; el general, sentado en una roca y cabizbajo, aprovechó el silencio para pensar en lo próximo.

El pobre hombre no podía escapar a lo que en ese momento era asombro y, cuando regresara a sus cabales, sería, indefectiblemente, miedo. La presumida tormenta no era tal cosa, ni nada semejante en su definición literal, pero en su funcionalidad, sí podría compararse. Según la óptica del experto, estremecido por la claridad de las imágenes, la línea gris posada sobre el confín del paisaje era : gente, extrañas criaturas y construcciones avanzando lentamente. Incontables humanos de diversas características, marchando de a pie o montados en caballos gigantes u otras bestias más grandes aun, tan fascinantes como temibles; torres móviles, tiradas por una especie de raros toros inmersos en su tarea; un mundo, otro, y moviéndose!

Duddum Draznatabor, a diferencia, no tenía la necesidad de conjeturar nada o sorprenderse. Sabía perfectamente que eso, era su futuro y némesis. El multirracial ejército del Emperador Razud Menekaner, con sus sofisticados campamentos, torres de combate, elefantes, bueyes y camellos, había vencido al desierto, y venía por más. No era una campaña más del insaciable tirano; la torre imperial estaba allí, al igual que la última vez en su consagración, con veinticinco años mas, de modernidad tal vez, y con un sucesor quizás, pero con la exacta misma arrogancia.

Elsniidor Kahir inició el regreso al cuartel; tenía muchas cosas en mente y cuanto antes las ejecutara, mejor. De paso, dejó al climatólogo en su casa, que en un principio estalló en preguntas y consideraciones; pero que luego de escuchar la sentencia del general, permaneció mudo y en estado de conmoción. _ Más allá de tus descripciones e interés, eso que has visto, con todos sus intrigantes matices, es el inminente fin del mundo que conoces. _ Y un silencio solemne rubricó la aserción. Ya en su despacho, sin haber cruzado palabra con nadie, solicitó un correo urgente. El aura de misterio que lo envolvía tenía cautiva la atención de sus subordinados. Se encerró para redactar la carta donde informaría de la situación al rey Usufur Rakart; decidió tomarse su tiempo para meditar cada palabra, a pesar de la premura que lo obligaba a sintetizar. Cómo podría expresar brevemente algo tan catastrófico y a la vez controlar las consecuencias? Estaba excelsamente instruido pero lo suyo era la sangre en vez de la tinta. "Majestad, la totalidad del reino de este mundo se enfrenta a una inminente invasión desde el desierto. La amenaza es una fuerza militar de un poderío inconmensurable, que yo bien conozco y que jamás podríamos derrotar. Estoy convencido que la desaparición de mi hijo como las otras están directamente relacionadas con esta calamidad. Es tu potestad la decisión de las acciones, pero en mi concepción recomiendo no movilizar un solo soldado puesto que sería sangre derramada en vano. Apelo a tus dotes diplomáticos. Permaneceré aquí a espera de tus voluntades, improvisando e informando. Por el momento no informaré nada a mi esposa y ruego respetar mi discreción…"

Luego de enviar el documento con el más rápido de los jinetes del correo, convocó a los más allegados a su confianza dentro de los militares in situ. Los reunió en un marco de cauto hermetismo; ya allí, antes que nada y de manera expresa y taxativa, los exhortó bajo juramento marcial al más absoluto secretismo, al que solo la evidencia de los hechos pudiese quebrantar. Acto seguido, luego de generalizar la concienciación de la relevancia de los acontecimientos, pasó a informarlos en detalle, ante el desconcierto e incredulidad de los rostros que lo rodeaban. Concluida la reunión, espabiló las acciones ametrallando órdenes en varias direcciones. Entre éstas, buscar al climatólogo y su instrumento, y convocar a constructores para instalar, a la mayor brevedad posible, un puesto vigía en el monte Els Kharakh. Por el momento, y hasta que el rey se pronunciara, su plan era observar la lenta evolución de la amenaza.

Bajo la supervisión del general y con la ayuda de los militares, tardaron poco más de un día en construir el mirador; el telescopio fue apostado según su actual conveniencia y su creador se encargó de instruir a los seleccionados para la tarea. La vigilancia y observación serían constantes. Se organizaron por turnos y Elsniidor permanecía la mayor parte de su tiempo allí. El ejercito imperial avanzaba muy lentamente, en sintonía con su incalculable tamaño. Se movían únicamente en los horarios que el clima era más permisivo. Duddum Draznatabor, que ya había experimentado esa aventura, entendió que seguramente llevaban años allí, sufriendo y aprendiendo; y esa determinación podría estar asociada solamente a un nombre; y por una vez, quiso estar equivocado…

Pasaron tres días desde que el general envió el mensajero al palacio, y, positivamente, ése sería el tiempo que tardaría en regresar con una respuesta. Mientras, Elsniidor no despegaba ojo del visor del artefacto y la visión se aclaraba cada vez un poco más. En una de esas visiones, pudo discernir entre la polvareda del movimiento, una figura reconocible; quien por un tiempo prolongado había sido su contracara en los campos de batalla, el general Taiom Gullath. Su barba ahora era gris, pero aún conservaba esa prestancia de antaño al cabalgar. Cada tanto aparecía desde atrás de las líneas, flameando su larga capa negra, y todas estas veces estaba escoltado por un elegante y joven lugarteniente. Al ver la torre imperial, avanzando siempre vacía, Elsniidor sopesó optimista, que quizás el viejo emperador habría muerto sin descendencia; así, el veterano general podría haber tomado su lugar. Al unísono e impertinente, se le cruzó otro pensamiento relacionado con la palabra "descendencia"; vislumbró en la oscuridad de la reflexión, el gentil rostro de su hijo Kholboo, al que inmediatamente se le superpuso el rostro del príncipe Menekaner, horrorizado, recibiendo la muerte por su mano .Y esto le produjo dolor, de aquel que se siente por debajo de la piel y los músculos. No obstante estos conflictos invisibles, continuó observando y deduciendo; sabía que en esa situación de tanta desventaja, la información era un arma poderosa. Esa jornada terminó de manera abrupta cuando un raudo soldado, proveniente del cuartel de Kahirea, le informó que habían avistado una delegación militar del reino aproximándose a la provincia.

Para cuando Elsniidor regresó al cuartel, los militares ya estaban ingresando en la capital; así que, impaciente por respuestas, acudió a su encuentro. De hecho, la delegación era escueta, estaba compuesta por los subordinados inmediato al general y, para sorpresa, el rey Usufur Rakart en persona cabalgaba con ellos. El monarca estaba a su vez acompañado por un reducido séquito de consejeros eruditos, y todos, rey incluido, lucían uniforme de fajina. El saludo fue austero, y dentro de un cuidado hermetismo, marcharon hacia el cuartel; allí, sin mediar, el soberano se reunió a solas con el general, mientras el resto se acomodaba de la repentina e infeliz excursión. En la privacidad, con la intimidad que las situaciones extremas obligan, el general en jefe del ejército real, el kahireo Elsniidor Kahir, el líder runita Duddum Draznatabor, se sinceró con su majestad; y con la circunspección de quien eleva un informe contable sin pérdidas ni ganancias, le narró la más épica de las historias verídicas que el rey había escuchado jamás. Tanto así, que el hombre debajo de su investidura, involuntariamente se abstrajo del fondo de la cuestión para degustar los detalles de un relato fascinante. Sin embargo, el incómodo narrador, en su interior, sufrió un inusual momento de debilidad, cuando la vergüenza le obligó a omitir el deshonroso episodio acontecido con el príncipe Menekaner.

Una vez finalizada la exposición de Elsniidor, el rey, atiborrado de información y sus consecuentes emociones, se declaró incapaz de pronunciarse y decidió permanecer un tiempo en soledad para su reflexión. El general en jefe se excusó y se retiró para recibir a sus generales subordinados; hasta la pertinente devolución del monarca, prefirió no articular palabra referente a la cuestión. Un tiempo más tarde, el rey llamó a Elsniidor y a dos de sus consejeros, los cuales él creyó los más apropiados; de esta manera liberó al resto hasta la mañana siguiente. De esa reunión nació una sesión deliberante que se extendió hasta altas horas de la madrugada. El soberano, sorprendentemente bebiendo solo agua, conducía el debate; los sabios escuchaban mucho y hablaban poco; y Elsniidor, con pocas palabras intentaba ser conciso a la batería de preguntas y consideraciones a las que era sometido. Sabía que el rey en su interior, sobre cuestiones bélicas se refugiaba en él, pero si bien Elsniidor tenía un plan, esta vez no saldría de su boca, sino de la inducción que pudiera ejercer sobre su majestad. Era una certeza matemática que el imperio no podía ser repelido por las fuerzas militares del reino, y llamar a combate hasta el último civil en condiciones de blandir un arma, devengaría la más triste de las sangrías. Sería testigo de ver morir a todos los Kahireos, incapaces de defenderse. ¿ Qué sería de su hijo, si aún estaba con vida? Consideraba para esta situación, que todos los habitantes del reino eran inocentes, ya que estaba convencido que la presencia demoníaca Menekaner allí, no era un hecho fortuito sino la consecuencia de su huida al desierto. Ya había cargado en su espalda con la extinción de su raza, aunque esa fuese su idiosincrasia social, que no era el caso para esta civilización desarrollada desde la paz. Ya había decidido que por su decisión o injerencia, no sería responsable de muertes en vano; solo necesitaba que el rey llegara a esa conclusión por motu proprio. Además, en su fuero interno le hacía mella que sus cualidades, que exitosamente lo habían propulsado a esa posición de privilegio que ostentaba, hoy las debiera declarar incompetentes. Fue así que grano a grano de arena se fue posicionando lejos de las armas, y gota a gota de agua fue llenando el vaso de la paz y diplomacia, en manos del rey Usufur Rakart. Los consejeros, hombres de filosofía lejanos a las armas, sin ser contundentes porque a su entender carecían de información; se posicionaron por la momentánea inacción, supeditada a la evolución de los acontecimientos. Este lineamiento simpatizaba con el patrón dejado por el general Elsniidor Kahir, y, a la vez, sutilmente abogaba por la continuidad de sus propias vidas. El rey, desbordado y extenuado, decidió observar en primera persona el desarrollo de los sucesos, y situarse a la par de las acciones y decisiones de su general en jefe del ejército. Así dio por concluida la sesión para dispensar a los presentes, y quedó con Elsniidor para la mañana siguiente visitar el mirador.

Elsniidor y su monarca compartieron un desayuno de pocas palabras, y marcharon enfocados hacia el mirador. Unos instantes antes de iniciar el ascenso, el general solicitó a todos, inclusive al rey, se colocaran el casco, y que no se lo quitaran por el tiempo que permanecieran allí. Tenía una manera de expresarse que todo retumbaba como una orden taxativa e inapelable, pero a la vez, infundía una sensación de seguridad y protección sobre los otros que facilitaba el acatamiento. Los miembros del séquito, ante la vehemente petición, intuyeron una razón de precaución; pero el rey pudo percibir el trasfondo de un ardid, y en consecuencia, la existencia de un plan era bienvenida. Ya en las instalaciones y sin necesidad del moderno artilugio, el rey pudo distinguir con horror, un mundo en movimiento aproximándose. Una vez que pegó su ojo al visor, sintió una adrenalina efervescer bajo su piel; una química de horror y fascinación, inherentes a una catarata de pensamientos, lo arrastró a la adicción de observar y observar y observar. Cuando el soberano, por su voluntad pudo tomarse un respiro de ese estado hipnótico, Elsniidor cogió el telescopio y comenzó a apuntar su visión en varias direcciones, hasta que se detuvo en un punto y permaneció unos momentos allí. A continuación convidó al rey con el hallazgo; donde éste pudo ver que no eran los únicos que poseían esta tecnología de observación a distancia. Luego, el general con sutileza señaló sus cascos, que cubrían gran parte del rostro; entonces el monarca hizo una mueca cómplice y de conformidad. De hecho, esa gran marea viviente, entre tanta infraestructura, visible y no, poseía varias torres mirador con aparatos similares al telescopio; estaban posicionadas a lo ancho del avance. Pero desde que una de ellas, la más cercana, había detectado el punto de observación del general y el trasiego en éste; las otras quedaron relegadas. Con casi la misma frecuencia que el general Taiom Gullath y su inseparable escolta recorrían el frente, también visitaban esta torre, y, telescopio mediante, indiscretamente se inmiscuían en este nuevo mundo. Elsniidor Kahir y su rey, devenido en camarada, independientemente de la gran amenaza, entendieron que estaban jugando al mismo juego de mesa; donde la paciencia, la observación y el aprendizaje eran la pauta estratégica a seguir.

La jornada siguiente comenzó muy temprano; debido a la proximidad de los intrusos, el monarca envió una brigada militar a recorrer todas las poblaciones a lo largo del límite con el desierto para advertir de una posible situación de peligro y así confinarse preventivamente. El rey y su séquito, Elsniidor y el hermético destacamento afectados al punto de observación acudieron al lugar para relevar a la plantilla de guardia supervisada por el climatólogo; éste los recibió visiblemente nervioso, y no era para menos, debido a la cercanía que la nueva luz diurna enseñaba la cada vez más diáfana presencia " alienígena". Le disturbaba profundamente, la parsimonia e indiferencia con que toda esa enorme y amenazante civilización se manifestaba, inmersos en sus roles como piezas minúsculas de una perfectamente coordinada y gigantesca maquinaria. Los adelantados simplemente avanzaban, como una infinita estacada móvil y defensiva que recibía la asistencia constante desde un espaldar plagado de acciones diversas. La nueva visión permitía ver un interminable tráfico, viniendo y partiendo hacia: algún dios sabrá dónde, y que se difuminaba hacia el horizonte…

Transcurrido medio día, ya se podía prescindir del telescopio para apreciar en detalle los movimientos más cercanos de las líneas imperiales. Esta muda e insólita reciprocidad con lo desconocido taladraba el sosiego del soberano, especialmente por su condición de tal. Elsniidor se había resignado a la situación, como si nunca hubiese abandonado su aldea Runita, acechada por el invasor de turno, y prefirió concentrarse en la causa de su hijo. De pronto, durante ese trajín de sentimientos, el general percibió en el frente, una acción que sería determinante en los acontecimientos venideros; el imperio hizo una detención y la señaló como definitiva. Esto implicaba que el movimiento siguiente sería diferente a los precedentes. La posibilidad más deducible, de acuerdo a la experiencia del runita, sería que organizaran los preparativos para la ofensiva. Pero no fue así, por lo contrario comenzaron a instalar "La Torre de la Palabra ". Esta figura, en las concepciones del imperio, era una torre, literal, que se utilizaba cuando una batalla o guerra se hallaba en una situación de predecible desenlace. De esta manera los líderes de las partes involucradas cesaban las hostilidades momentáneamente para acudir a este puesto neutral; donde por medio de la palabra, intentarían negociar un final pragmático y así ahorrar recursos humanos y materiales. El general puso al tanto a su rey de la existencia de esa torre y lo que ésta implicaba; transitivamente, el monarca hizo lo propio con sus consejeros; de esta forma, todos podrían digerir la novedad y concebir el plan a seguir. Mientras, continuaron escudriñando la organizada escena con una inconsciente fascinación, a la vez que Elsniidor la explicaba como quien comenta sobre un espectáculo ya visto. Con el ocaso, obligatoriamente todas las labores se interrumpieron. La torre estaba erguida, y otras instalaciones afines, por finalizar; dentro de esta postal, los observadores se retiraron del mirador con mucho que sopesar para la jornada contigua.

A la mañana siguiente, Elsniidor acudió al mirador sin la presencia del rey, quien había priorizado deliberar con los suyos sobre las variables a continuar respecto a la situación. Cuando llegó pudo apreciar que tanto la torre como sus anexos estaban terminados. Poco tiempo después, el general Taiom Gullath arribó al sitio para supervisar y ultimar detalles. Después del visto conforme, ordenó izar la bandera de rigor, aquella que convocaba a las partes, y aquella que el líder Runita había rechazado dos veces en su pasado. En la segunda y última, la había atravesado con una flecha empapada en sangre imperial; a posterior la casta Runita sería inexorablemente extinguida. Ya con el escenario montado y la llamada en espera, el general, con la disyuntiva que de responder protocolarmente evidenciaría la presencia de alguien perteneciente a ese mundo, dejó el lugar con un plan bajo el brazo.

El general Elsniidor Kahir apenas llegar al cuartel solicitó reunirse de inmediato con su majestad; el monarca interrumpió con gusto las deliberaciones que, más que definir un rumbo, se enmarañaban en interminables variables y conjeturas por cada posible acción a seguir. Se reunieron a solas durante un tiempo considerable, de donde el rey salió relativamente aliviado, y el general con evidente prisa. Mientras el soberano comenzó a ejecutar una serie órdenes organizativas, Elsniidor partió eléctricamente hacia el cuartel donde se alojaban los militares reales convocados para esta situación. Allí se reunió muy discretamente con Adrunas Zahir.

Adrunas Zahir era un muy peculiar miembro de las fuerzas reales; como su apellido lo indicaba, era oriundo de Zahirea, una de las provincias lindantes con Kahira. Tierra de frondosos y húmedos bosques custodiados por terrenos elevados, bendecida con una fauna riquísima, y lugar predilecto del Señor Ruina para el exhibicionismo de su soberbia figura, hasta el fatídico momento que por azar se topó con el leñador Elsniidor Kahir. De allí que sus pobladores eran, en su gran mayoría, eximios cazadores que, desde el respeto, nunca perdonaron al foráneo dar muerte a la presa emblema; y Adrunas no era una excepción. Era un arquero por excelencia, hasta incluso se podría considerar que era mejor que el mismo Bulgur Tudam, pero su falta de humildad y su reticencia al perfil bajo que sentenciaba la doctrina militar, siempre le habían quitado mérito. Sin embargo, el general Elsniidor Kahir le tenía una consideración especial, tal vez porque compartían la constante inquietud de superarse mediante la creatividad. Adrunas también tenía la costumbre de diseñar sus propias armas, en su caso, arcos y flechas; y el general, en su empatía, le permitía usarlas dentro del ejército. Este obstinado soldado, tras años de práctica, había desarrollado la habilidad de disparar dos y hasta tres flechas a la vez desde el mismo cordel, que lapidariamente impactaban en el blanco. Cuando, entusiasmado, le enseñó esta performance a Elsniidor; éste, con desinterés, le espetó que regresara cuando pudiera alcanzar certeramente, más de un objetivo con el mismo disparo. Adrunas en un principio se desilusionó y maldijo en silencio a su sobre exigente jefe, pero algunos comentan que lo han visto solo, en la intimidad de lugares apartados, intentando complacer la demanda del general.

Luego de la inopinada reunión, Adrunas permaneció congelado en una mueca desencajada; no así, su superior continuó envuelto en el remolino de quehaceres que él mismo se había impuesto. La premisa resultante de la cumbre con el monarca, era acudir a la Torre de la Palabra con una pulcra y coreografiada organización, en aras de impresionar políticamente a su destinatario; seducir a un león con un muslo de pollo, pero había que intentarlo. Se convocaron a todas las fuerzas militares residentes en los cuarteles de las provincias colindantes al desierto; se les ordenó formar un frente lineal sobre el límite con el más allá, a la altura y de cara a donde estaba ubicado el punto de encuentro, y esperar. Teniendo en cuenta que la fuerza intrusa ocupaba la extensión física total visible del territorio, este hilo de soldados bien uniformados no revestía ninguna amenaza, sino era una postura de carácter apropiada para la situación. Del cuartel central de Kahirea, todos los foráneos afectados especialmente a los acontecimientos, partieron hacia el epicentro de la situación; esta élite con toda su pompa, estaba encabezada por dos jinetes; se distinguía en uno de ellos el atuendo real para ocasiones marciales: armadura aleada en metales preciosos con incrustaciones de piedras ídem y cresta de plumas exóticas, en el otro: la particular y única armadura, adaptada a conciencia de su extravagante usuario y creador; inmediatamente detrás los escoltaban una cuadrilla de ocho jinetes de exacta e intimidante presencia, decorados con armas e indumentaria afín de todo tipo; y por último, a una distancia mayor pero corta, marchaba el resto, también bien atildados para la ocasión, cada uno en su status o rango. Toda la fuerza militar oriunda de la provincia ya estaba posicionada con sus pares en la formación lineal enfrentando al desierto.

Por su parte, las fuerzas imperiales, ante las evidentes acciones desde el reino, también comenzaron a movilizarse. De la incalculable masa viviente, emergió un cuerpo de caballería, de idénticas dimensiones a la línea de soldados reales apostados sobre la línea limítrofe. Se posicionaron por delante de la torre y de cara a sus oponentes; dada la intencionada similitud física con el ejército local, tampoco este despliegue era una ofensiva, sino simplemente una respuesta proporcional. El generalísimo, Taiom Gullat y su hermoso apéndice habían madrugado en las acciones, cabalgando de un lado a otro, enérgicos dirigían cada movimiento al detalle, como una representación teatral donde cada personaje tiene su animada posición; y la torre, protagonista pasiva, se limitaba a esperar.

Dentro de las vestimentas, desde el rey Ursufur Rakkart hasta el último soldado real, pasando por su general Elsniidor Kahir o el sargento Adrunas Zahir, que cabalgaban hacia un destino estimadamente poco feliz, cargaban en su fuero interno, una procesión de sentimientos revolucionados. Todos, los más bélicos experimentados como los no tanto, entendían que la muerte, en sus diversas y dolorosas formas, era una opción latente; más que en cualquier batalla o guerra, a la que, embriagados en optimismo, autoestima y coraje, aspirarían a erguirse victoriosos. En esta ocasión, de blandir sus armas, su supervivencia sería remota.

El general Elsniidor Kahir, u hoy más que nunca con el pasado a cuestas, el comandante Duddum Draznatabor se enfrentaba a lo más parecido que él conocía como temor y que en realidad se asemejaba más a vergüenza. Esa amalgama interior viviendo en la oscuridad por tanto tiempo, hoy podría conocer la luz, y los devenires de esa posibilidad lo torturaban. De todos los presentes allí reunidos era sin duda el que podía tener las estimaciones más exactas de lo que podría suceder y de allí su plan, pero que igualmente estaba plagado de inquietantes incógnitas. Dentro de todas las variables posibles que martillaban bajo su casco, rogaba al destino solamente por dos, y en este orden: que su bien más preciado esté con vida, y por el contrario que la mortificante figura de Razud Menekaner no; de allí en más, otras situaciones, por más enrojecidas que fueran, serían lidiables. Desde su resurgimiento como persona y luego como padre, el pensamiento sobre el fatídico hecho entre su espada y el tórax del príncipe Menekaner lo perseguía y atormentaba; tanto así que había desarrollado un mecanismo de desgraciados recuerdos, alternativos para cuando éste lo acechara. En una imborrable oportunidad, soñó esa misma situación, con una nitidez absoluta, pero quién caía herido de muerte, con esa atónita expresión en su joven rostro, no era el príncipe sino su propio y adorado hijo, Kholboo; se despertó horrorizado como nunca, el miedo le había clavado sus colmillos e inyectado su veneno, incurable.

El rey Usufur Rakkart, con la reciente guerra contra los Dalaineos, y ahora con esta calamidad, sintió que había envejecido veinte años, maduración personal incluida. Seguramente, de sortear airoso estos avatares alcanzaría una solidez sin precedentes como monarca, que hasta su abuelo ponderaría. Pero lejos estaba su mente de pensar en el futuro, más bien considerar un presente de muerte; ya que por su condición de soberano, cualquier desenlace posible en desavenencia, inexorablemente sentenciaba ese resultado. Cabalgaba enfrascado en conjeturas y cada tanto miraba de reojo a su sostén para esta aventura; ver la inexpresión en los movimientos y el sepulcral silencio del general Elsniidor Kahir, de alguna subliminal manera, le proporcionaba cierto sosiego.

El trayecto hasta el punto de encuentro era relativamente corto pero a todos se les hacía largo, como si inconscientemente estuvieran ralentizando la marcha. Cuando ya quedaba poco para llegar pero lejos aún del ojo enemigo, el general ordenó una detención. Impuso unos momentos de silencio y distensión, seguidamente soltó unas palabras tenues de relajación, afines a la causa pero carentes de dramatismo; de esta forma logró exorcizar el nerviosismo pre- escénico de cara a las acciones venideras; y luego, sí comenzó a escupir mandamientos precisos y enfáticos que con la atmósfera precedente fueron absorbidos de mejor manera. Hizo hincapié en las posturas y desplazamientos, recordando que no marchaban hacia una batalla propia sino más bien a una representación teatral en la que cada movimiento era fundamental al fin, y un error resultaría fatalmente decisivo. Insistió vehemente en ese discurso y se prolongó por el tiempo que consideró necesario hasta quedar satisfecho de su comprensión; un silencio respetuoso facilitaba la repercusión de sus palabras y en consecuencia, su acatamiento. Dentro de esta escena y las sucesivas, un alma se manifestaba controversial con su papel a representar, a Adrunas Zahir le pesaba demasiado su mandato, y no por su natural condición de díscolo sino simplemente por su condición de humano. Terminada la concentración, iniciaron la coreografiada marcha hacia su destino final.

Cuando la élite real arribó al punto de ubicación, una brecha se abrió en la línea de soldados locales permitiendo ceremonialmente el paso. Ceñidos al plan, lucían impresionantes, lo que carecían en número les sobraba en prestancia y seguridad. Cruzaron a paso firme y moderado como quien da la importancia justa a determinada situación, no más ni menos. Los dos jinetes que lideraban, al igual sus ocho escoltas, lucían idénticas máscaras protectoras de rostro, ajustadas al casco, metálicas y oscurecidas en el forjado, con motivos que emulaban un rostro de hombre sin expresión. Este atuendo cumplía la función de deshumanizar a sus portadores; los colores oscuros eran predominantes, hasta en los caballos, a excepción del blanco plata único que poseía el corcel real. Avanzaron un poco en dirección hacia la torre, simplemente para evidenciar la intención, y se detuvieron; los ocho formaron un semicírculo, esta vez por delante de los líderes, y todos se dispusieron a esperar la respuesta; la cual no tardó, el imperio era exigente en sus modales.

Pasaron unos momentos, para muchos, interminables, pero relativamente cortos para la importancia que revestía la ceremonia; y de atrás de la horda emergió la figura del imponente general Taiom Gullath, cabalgando junto a su inseparable escolta y, en esta ocasión, a un tercero, un civil o por lo menos así vestía. Nadie reconoció a esta nueva figura, pero no era ajena al Reino; era uno de los jóvenes que habían desaparecido en las inmediaciones del desierto, hacía ya más de diez años. Atravesaron la formación propia que se posaba por delante de la torre, seguidos por una docena de jinetes de arco en mano, y encontraron su lugar a unos pocos metros y de frente a los diez representantes de este mundo.

Debajo de su máscara, el comandante Duddum Draznatabor observaba incrédulo la ínfima distancia que lo separaba de su sórdido pasado. Que el mismo Taiom Gullath estuviera en persona organizando las acciones para "La Torre" ,no era una buena perspectiva para él, ya que evidenciaba que detrás, alguien más grande y solapado estaba dando las órdenes. En su mente, un abanico de rojos y metálicos movimientos se abrió, para cerrarse nuevamente, repelido por la mesura de un pensamiento, su hijo. Debía reprimirse ante la eventualidad de morir desconociendo el paradero de éste y sin la posibilidad de haber hecho algo. Con la ayuda que le daba su momentáneo anonimato pudo relativamente calmarse y continuar taimado, esperando…

Ya los tres posicionados de frente a los diez, más los doce arqueros imperiales apuntando, y luego de unos instantes de tensión, el virgen silencio entre estos dos mundos se rompió. El general Taiom Gullath, sin apartar la vista del frente, sin siquiera inclinarse hacia su interlocutor, comenzó a soltar palabras en su propio idioma; el tono era suave y pausado, fundamentalmente tranquilo y apenas audible para Elsniidor Kahir y los suyos. Pero inmediatamente, en cada silencio se superpuso la diáfana y alta voz del civil a su lado, traduciendo cada oración a la lengua del Reino._ Sois bienvenidos a la torre de la palabra, en primer orden, como éste no es un lugar donde deberéis de blandir vuestras armas, depondréis de ellas arrojándolas al suelo, y las cuales tendréis la oportunidad de volver a coger con todas las garantías en el momento que consideréis apropiado._ El rey Usufur Rakkart como todos los suyos no salían de su asombro, no así, Duddum Draznatabor que estaba sufriendo un Deja Vu. Tras unos breves susurros, de debajo de la armadura real se escuchó una respuesta:_ Por qué nos dais órdenes y cómo podríamos defendernos sin nuestras armas?_ No os ordenamos nada, habéis acudido a nuestra invitación, por lo tanto a nuestras reglas, si no queréis cumplirlas podéis marcharos; y no necesitáis defenderos por el momento; continuando con el protocolo, nosotros también tranquilizaremos nuestras armas._ Sentenció el general y tradujo su asistente.

A la corta distancia, se escucharon inentendibles y breves deliberaciones por debajo de las armaduras de los diez, y acto seguido, todas sus armas cayeron sobre la arenilla que empolvaba el llano. Inmediatamente después los doce arcos opuestos se relajaron; como también la figura del gran general anfitrión y su inseparable partenaire, que de una posición pétrea comenzaron a moverse de manera distendida, pero a la vez, disimuladamente fueron tomando una posición cautelar sobre la figura de quién acompañaba a la envestidura real, como felinos asechando desde la maleza.

El joven y apuesto escolta del general gritó unas órdenes hacia sus espaldas y toda la muralla viviente comenzó a abrirse ordenadamente mutando en otra formación, de esta manera se abrió un camino perfectamente custodiado, y la torre comenzó a avanzar para tomar posición y detenerse simétricamente justo delante de sus diez invitados. De manera automática se fueron desplegando una serie de actores secundarios con diferentes roles; entre éstos, unos montaron una pasarela alfombrada que se elevaba un poco del polvoriento e irregular suelo; otros subieron un mobiliario que contaba entre otros con sillones y mesas de apoyo; otros chequeaban la seguridad de la estructura y su acceso; y por último cuatro arqueros, elegantemente uniformados a diferencia del resto se apostaron de forma estratégica sobre algunos de los ángulos de los niveles en la torre. Luego de toda esta parafernalia, sobrevino la ya acostumbrada y ceremonial espera amansadora.

El tiempo transcurría desentendido sonorizado por los ruidos y rumores que producía un trasiego inacabable. En las expectantes huestes reales, el miedo invitaba a la paciencia, sin prisas para una catástrofe. Cuatro ojos estaban clavados sobre la armadura de Elsniidor Kahir, cual girasol seducido por su padre. De pronto una pequeña ola humana que nació lejos detrás vino a morir al pie de la torre; envolvía y protegía a unos pocos que con ancestral parsimonia fueron tomando su lugar en la escena. El primero fue un adornadísimo sacerdote, luego lo siguió otra autoridad pero de distinta índole, en tercera y fatídica posición, ayudado por un joven, hizo su aparición un geronte, vestido con una humilde túnica cuya única ostentación era la pulcritud; esta opuesta fachada no confundió los depredadores ojos del comandante Duddum Draznatabor, que con certeza y exacerbación reconoció en esa piel y huesos la inefable figura del omnipotente emperador Razud Menekaner. Aunque mil sentimientos homólogos invadieron todas las células del último runita, su estupor alcanzó su punto más álgido cuando reconoció en ese joven que ayudaba a sentar al tirano, a su amado hijo, Kholboo Kahir!

Elsniidor Kahir, el hombre, que a pesar de sus mil hazañas y sus excepcionales cualidades, eso es lo que era, no conseguía asimilar el golpe; se revolvía una y otra vez, hacia un lado o para el otro, sacudido por las turbulencias de esa enorme ola que nunca vio venir y le rompió justo encima. Su calibrado sistema de defensa le demandaba sosiego, una voz entre mil que gritaban dentro de su testa, le repetía:_ ceñirse al plan, soldado, ceñirse al plan!_ Pero el aturdimiento era demasiado, esta vez la situación se había escapado a todas las variables que minuciosamente había trazado. En sus consideraciones conocía, a diferencia de los demás, quién era la amenaza y que clamaba; había encajado con entereza que su descendiente, como los tantos otros desaparecidos, habían sido tragados por las fauces del invencible monstruo; y él ,al final aceptaría la derrota, pero a su manera, la más inofensiva para todos aquellos por los cuales le tocaba responder. Entonces un iluminado pensamiento optimista le hizo entender que su plan aún era sostenible y hasta podía mejorar. Con mucho esfuerzo logró calmarse lo suficiente para continuar con el guion, pero cada dos segundos sus ojos se posaban con ternura sobre la belleza del añorado Kholboo, y un pensamiento amable, automáticamente lo acariciaba; pronto se dio cuenta que estas distracciones podrían resultar tremendamente nocivas para los acontecimientos a venir y con reciedumbre las reprimió. En un ejercicio de odio controlado, se enfocó en el enemigo de su vida y la esencia con que éste impregnaba esa atmósfera; agudizó sus sentidos exponencialmente, y se ajustó a su posición de espectador irrelevante y amenaza tácita, para continuar con lo estipulado.

Cuando al parecer todos estaban acomodados según el protocolo establecido, un sonido instrumental se hizo escuchar desde atrás de la horda para emparejar el nivel de silencio de todos los involucrados; los imperiales acataron acostumbrados y los reales con temor. Luego el engalanado clérigo tomó una posición protagónica, de pie en el centro de la torre, donde era convenientemente visible y audible para dirigirse a los presentes; y de manera epistolar comenzó a hablar y a ser traducido._ Desde este silencio entramos en la epifanía, la presencia en vida mortal de nuestro único Dios nos bendice con su testimonio de sabiduría y misterio. El emperador Razud Menekaner, deidad que voluntariamente abandonó la inmortalidad de su seno en el cosmos infinito para guiarnos, en ejemplo carnal, hacia la luz que ilumina la verdad absoluta, hoy en este momento de gozo pleno, preside este acto. Experimentemos su palabra con devoción!_ Y con una exagerada reverencia de ademanes manuales y genuflexión, invitó al ordinario anciano a protagonizar la puesta.

El rey Usufur Rakkart como todo su séquito no salían de su asombro ante tanto desparpajo; su inteligencia y perceptibilidad comprendían la situación pero no daban crédito; su desventajosa condición lo obligaba a continuar como espectador sumiso de una representación rocambolesca, que a su entender, coqueteaba con la demencia.

Con parsimonia y por su propio pie, el cascado emperador se incorporó para tomar la palabra, simultáneamente lo acompañaron eléctricos sonidos de ajetreos defensivos que tajaron el impoluto silencio ceremonial. Ya posicionado, protagónicamente visible pero detrás de un infalible escudo virtual, el Dios, el emperador, el militar, el hombre, el anciano, comenzó a hablar; su voz era ronca, de tono bajo pero perfectamente audible para quienes iba dirigido; y, aterradoramente para Duddum Draznatabor, se expresaba en la lengua del Reino. _ Su majestad, Usufur, nieto de Gadeón Rakkart, yo te saludo_ hace una pausa y una reverencia leve con su mano izquierda como dibujando un muelle en el aire, y continua muy pausado _ Soy Razud Menekaner, en mi lengua," lum putem tu ", aquel que todo lo puede…; y efectivamente puedo mucho; con un movimiento de mi mano izquierda he movido un mundo cien veces más grande que el que tú conoces, de un lado hacia otro, mientras que con mi mano derecha paso las páginas del libro que leo o alzo mi taza de té._ Se detiene entre cada conjunto de palabras que definen un concepto y los acompaña histriónicamente._ Atesoro verdades que los más eruditos buscan en sueños, y una de ellas es que lo que más deseo, no lo puedo…_ mira en vacío y hace un ademán como que intenta coger algo en el aire y no lo logra_ Mis profetas, augures, veneradores y otros charlatanes, afirman y vaticinan que mi cuerpo mortal alberga mi alma eterna y que ésta los continuará iluminando indefinidamente luego de que mi carne se pudra; otra verdad es que mi alma ha muerto ya hace tiempo, y que mi cuerpo lo hará también, pero no antes de quemar el combustible de venganza que lo mueve…_ sobre esta última frase, su cuerpo se tonifica y su mirada que derivaba por el paisaje danzando al ritmo de sus rimas, se clavó sobre los ocho enfrente. Si algo ese cuerpo decrépito tenía de sobrenatural, era el odio que albergaba y que en ese exacto momento proyectó una onda expansiva que todas las almas presentes pudieron sentir de manera perturbadora; así, el rey Usufur Rakkart entendió la magnitud del problema a que se enfrentaba.

Luego de unos inquietantes segundos, donde el emperador había mantenido la mirada fija sobre las armaduras del rey y sus acompañantes, decidió continuar con su relato. _ He venido hasta aquí no para tomar tu reino sino persiguiendo a mi único enemigo mortal, _el rey Usufur Rakkart, inconscientemente sintió un ingenuo alivio; el general Elsniidor Kahir confirmaba su tesis_ este ser infame es un demonio que se esconde bajo la piel de un hombre y, que por su condición de tal, alimenta su vileza causando el mal. Llevo un cuarto de siglo buscándolo, con el irreparable sufrimiento que me ha causado y que me consume; a sabiendas que a la vez, él crece y mejora en su malicia, ¡ hasta en su ofensa culmen, se ha dado el lujo de procrear!. Desconozco al Dios desviado que lo protege pero lo aborrezco._ Se compunge sobre estas últimas palabras.

Duddum Draznatabor, el militar y estratega, con una mitad de su cerebro lo escuchaba y con la otra se ceñía a su plan, pero desde dentro de su pecho una fuerza bloqueó por un instante su mecánica mente y afloró un pensamiento de empatía por el dolor de un padre que ha sobrevivido a su hijo de la manera más cruel y deleznable.

Kholboo, sentado a unos pasos detrás del emperador y su puesta en escena, permanecía impertérrito, abstraído de la situación; ni siquiera sus ojos buscaban alguna reciprocidad en su gente allí abajo; si Elsniidor no hubiera estado tan compenetrado en no sucumbir ante distracciones innecesarias hubiera reparado en ello.

_ Este enemigo mío tan íntimo, se ha inmiscuido entre vosotros y con su oscura hechicería os ha seducido para someteros a su perversa voluntad; afortunadamente he llegado a tiempo ya que puedo hoy dirigirme a ti y no a él como tú sucesor, y así evitar el mar de sangre que esa situación devengaría._ Estos conceptos fatalistas, vertidos con desdén desde su relato, perturbaban aún más la ya magullada psique del expectante rey que, ya con la previa confesión de su general Elsniidor Kahir, podía entrever el final del discurso. _ Este ente maléfico, frente a su reflejo, responde al nombre de Duddum Draznatabor, comandante y líder de la casta Runita, cuya extinción pesa sobre su orgullo; y ante vosotros responde al nombre de Elsniidor Kahir, general en jefe del ejército Real,¡ nada menos!_ Un inevitable y espontáneo murmullo se escuchó entre los delegados reales._ Sí, Rey Usufur Rakkart, ahora mismo mientras tú corazón y mente se debaten por la salud de los tuyos; él permanece solapado a tu lado, seguramente barloventeando un plan depravado que tú desconoces!_ Enfatizó el emperador clavando la mirada en los ojos del jinete debajo de la majestuosa armadura real. Luego de unos segundos de silencio protagonista, el anciano en un ejercicio de vehemencia, giró levemente su cabeza hacia la derecha del rey y posó su más refinado odio sobre el escolta de particular e inconfundible atuendo. _Comandante Duddum Draznatabor, carne sin alma, entrégate aquí y ahora, sin ostentación de bravura ni desprecio por la sangre, y serás juzgado por tus crímenes con las más aptas garantías; ya que tú juez no seré yo, ni tu dios ni el mío, sino un prestigioso jurista del pueblo que te ha devuelto a la vida, tu hijo Kholboo Kahir!_ hizo un ademán hacia atrás para invitar al joven Kholboo a alzarse y entrar en escena.

Debajo del casco, Duddum Draznatabor intentaba un ejercicio de resiliencia para reordenar sus ideas luego del estruendo que esas palabras ocasionaron al explotar en su mente. Esa última frase ladina fue una hoja de rasurar cayendo al vacío, un imposible de asimilar sin daños. Entonces, ya sin regreso ni remedio, el comandante activó los indetenibles mecanismos de su plan.

Una voz alta y clara se abrió toscamente sobre la gris y monótona atmósfera que el emperador había impuesto; provino desde el séquito real._ Tirano! _ Se escuchó de manera entendible en la lengua del imperio y se detuvo hasta absorber la total atención del anciano y único protagonista. Éste abrió los ojos como nunca desde hacía mucho tiempo y escudriñó el frente moviendo eléctricamente su cabeza de lado a lado, al tiempo que con brazadas congelaba todos los ajetreos defensivos a su alrededor; le era evidente que la voz no provino del jinete a la derecha del rey a quien él creía su demonio original. Taiom Gullath y su segundo se excitaron como dos perros que reconocen un olor pero aún no saben dónde; agitaban sus corceles, girando sobre si mismos buscando una dirección que no encontraban. Kholboo Kahir, por primera vez salió de su letargo emocional y buscó a su padre detrás de esa voz. Todo sucedía enmarcado en unos pocos segundos, pero la escena era tan intensa que parecía ralentizada para las retinas de los presentes.

La voz continuó mientras el anciano líder exageraba sus movimientos para congelar las acciones a su alrededor y los caballos de sus generales levantaban polvo desde su mismo sitio. _ Tu justa cacería terminará aquí y ahora! Perdona la vida de mi hijo, inocente de mis culpas, de lo contrario cada vez que busques tu reflejo, hallarás el mío! _ Uno de los jinetes del séquito de los ocho y de dónde provenía la voz, retrocedió unos metros captando la total atención; simultáneamente y eclipsado por éste, otro jinete salía disparado desde el grueso de las líneas reales a unos cientos de metros detrás. El primero, que se separaba de los sucesos centrales, se detuvo a una distancia corta pero protagónicamente apartada, tanto de la torre imperial como de sus camaradas reales; allí con lentitud cautelosa, mientras mil flechas y miradas lo apuntaban, se quitó el casco y abrió sus brazos en señal de desarme; en efecto, era Duddum Draznatabor, que entonces ya revelaba su verdadera posición en el grupo y ya no tenía más por decir. Mientras el emperador y sus generales intentaban asimilar la situación, el otro jinete en segundo plano, intrépido galopaba a la velocidad de un bólido en dirección a los acontecimientos; era Adrunas Zahir en su misión culmen. Cuando Taiom Gullath y su camarada se percataron de la presencia del, eternamente perseguido, comandante Runita, se abalanzaron hacia ese punto sin esperar orden alguna. Para ese momento, Adrunas Zahir entraba en el radio de percepción de las defensas imperiales que lo recibieron con un aluvión de flechas exacerbadas, cual mayoría impactaron en la armadura de su corcel y en la tierra; en una maniobra deliberada saltó desde su caballo para coordinadamente rodar por el suelo y de entre el polvo, en su último giro, disparar su arco. Ese disparo certero, envenenado en sentimientos encontrados, dio justo en el blanco planeado, la nuca al descubierto de su general Elsniidor Kahir, un segundo antes que Taiom Gullath y su compañero saltarán sobre éste para reducirlo. El acero de la flecha atravesó el cuello de Duddum Draznatabor, comandante y último líder Runita, Elsniidor Kahir, general y jefe del ejército Real, esposo de Foebbe y padre de Kholboo, quien tras unos breves espasmos cayó de espaldas y humanamente murió sobre esa arena tan omnipresente a lo largo de su vida. Su incansable perseguidor físico, el veterano general imperial, se dio de bruces contra el cuello del caballo huérfano, cuando por fin puso sus sedientas manos sobre la presa más preciada, ésta ya no respiraba. Adrunas Zahir, en su común insolencia, no pudo con su genio y desobedeciendo a su general, había ejecutado su distintivo disparo de dos flechas a la vez, aquel que nunca había podido impactar en dos objetivos diferentes a la vez; con la morbosidad que el destino se manifiesta, en esta ocasión su segunda flecha se clavó a una pulgada por debajo de la correa que sujetaba el casco del militar que siempre escoltaba a Taiom Gullath, impactando directamente en su artería yugular. Éste joven, valiente y apuesto general caído, murió unos interminables minutos después entre los desesperados brazos de su padre, su nombre era Izal, Izal Gullath…

La postal, desde cualquier ángulo que se observara, era la traducción a imágenes del significado literal de la tragedia. El emperador, al momento que asimiló lo sucedido, como succionado desde dentro de su pecho, envejeció veinticinco años más. El gran general Taiom Gullath lloraba desconsoladamente como un niño, besando, acariciando y peinando a su fallecido hijo, mientras la sangre indiferente empapaba sus atildadas vestimentas. El rey Usufur Rakkart, anonadado por una gráfica que no comprendía más allá de su explicitud, era espectador y víctima de una historia ajena. Adrunas Zahir, inconsciente de la magnitud de su intervención, sobrevivía a su misión suicida, atrincherado detrás del cuerpo agonizante de su caballo. Kholboo Kahir, hambriento de explicaciones, se acercó hacia donde su padre yacía y al cual no pudo reconocer en esa carne inerte. Duddum Draznatabor, el extraordinario personaje, como todas los seres vivos llegó a su fin; y lo hizo como de costumbre, venciendo. Pero esta vez no fue matando sino muriendo, y no por odio sino por amor.

Muchos acontecimientos sucedieron luego entre estos dos mundos, que se encontraron por causalidad; pero aquí termina este relato de padres y de sangre… derramada.

Fin

Printed in Great Britain
by Amazon